Cielo Cruel

Maritza M. Buendía

Cielo Cruel

El papel utilizado para la impresión de este libro ha sido fabricado a partir de madera procedente de bosques y plantaciones gestionadas con los más altos estándares ambientales, garantizando una explotación de los recursos sostenible con el medio ambiente y beneficiosa para las personas.

Cielo Cruel

Primera edición: junio, 2023

D. R. © 2023, Maritza M. Buendía
Publicada mediante acuerdo de VF Agencia Literaria

D. R. © 2023, derechos de edición mundiales en lengua castellana:
Penguin Random House Grupo Editorial, S. A. de C. V.
Blvd. Miguel de Cervantes Saavedra núm. 301, 1er piso,
colonia Granada, alcaldía Miguel Hidalgo, C. P. 11520,
Ciudad de México

penguinlibros.com

ISBN: 978-607-383-022-5

Impreso en México – *Printed in Mexico*

Para Tristán y Everardo,
por el arraigo que los dos me dan a tierra

Mi cariño para Verónica Flores
y Susana de Murga

Una inmensidad, a veces azul y con frecuencia verde,
se extiende hasta los confines del cielo: es el mar.

CHARLES BAUDELAIRE

…un cielo cruel y una tierra colorada.

RAMÓN LÓPEZ VELARDE

El 22 de enero de 1974, a las ocho de la mañana, un pastor alemán extraviado y sin placa de identidad ladra frente a la casa número dos de la calle Infante. Alérgica a los perros, la vieja Belén estornuda por enésima vez y no duda en marcar a la perrera. A esa hora, el barrio está vacío: los niños en la escuela, los adultos en el trabajo. Belén lleva ya años jubilada de maestra. Ahora, sus preocupaciones se centran en esperar a que Severino, su esposo desde hace más de cuarenta años y maestro como ella, regrese a casa y le cuente las novedades del día.

Veinte minutos después, el pastor alemán desaparece sin dejar rastro. Con la nariz roja y un Kleenex en la mano, Belén toma un antihistamínico y cierra la cortina que da a la calle.

Para entonces, el tren anuncia su paso. Todos los habitantes de Cielo Cruel pueden escucharlo, pero embebidos en sus ocupaciones diarias, está de más aclarar que no le prestan atención. Severino es uno de esos hombres que todavía se deleita al oír el silbato del tren, señal de que no ha habido ningún descarrile ni atraco, que la mercancía de los vagones viaja a su destino y el dinero de la quincena llegará completo para los trabajadores, y eso permitirá a sus alumnos asistir a clases de manera regular.

Desde la oficina de la dirección ve pasar a un par de niños con el cabello en casquete corto y a un grupo de niñas con la trenza bien estirada hacia atrás y el cabello tieso por el limón que usan las mamás para peinarlas. A Belén le gusta decir que, de tan lustrosas por la vaselina, las piernas de las niñas charolean en contraste con las calcetas blancas. Al recordar los ojos azules de Belén, encendidos por un fuego extraño que nunca ha logrado comprender, Severino toca la chicharra para dar inicio a las labores del día.

En ese mismo momento, en el centro histórico, el reloj de Catedral marca las ocho campanadas de la mañana. La señora Manrique gira hacia la izquierda de la cama y mueve el brazo del señor Manrique para acomodar la cabeza en el hueco de su hombro. Una lívida luz de invierno traspasa las cortinas de la habitación del hotel, encuadra el rostro moreno del señor Manrique y a su cuerpo arropado por un edredón esponjoso que combina con las cortinas y las toallas del baño. Como le fue imposible programar el despertador digital de grandes números rojos y acomodarlo en el buró a un lado de la cartera de piel y la navaja suiza, tal y como lo hace antes de meterse en la cama, todavía duerme con una sonrisa en los labios, exangüe, después del encuentro amoroso que protagonizó anoche con su mujer.

Ella no lo despierta, abandona el hueco del hombro y se recarga en uno de sus codos para mirarlo por varios segundos, sin despegar los ojos de ese rostro alargado de mandíbula cuadrada con el que ha compartido tantas cosas: la sequía que terminó por quemar la cosecha de la uva, el abandonar a sus padres e irse con él a Chicago a trabajar en una fábrica, el nacimiento de las tres hijas, los inviernos de nieve que le rasgaban las manos, los pies y el alma. Contempla las prolíficas cejas, los pómulos salientes, la frente amplia surcada por los gestos que se niegan a desaparecer aun en reposo, como si la misma vida estuviera permanentemente ahí, a punto de nacer a cada instante. Las expresiones de ese rostro las conoce de memoria, sabe lo que le pasa incluso antes de cualquier palabra: los ojos azuzados y la mueca de disgusto cuando los bulbos del televisor no encienden al iniciar la transmisión de la pelea del Pipino Cuevas, el rechinar de los dientes cuando está dormido y al que tanto trabajo le costó adaptarse durante las primeras noches, el imprescindible ¡bah! acompañado del chasquido de la lengua cuando está enojado.

No, no lo despierta. No es tan tonta como para hacer eso. No tiene caso. Fue su ocurrencia quedarse a dormir en el hotel y él, por complacerla, le siguió la corriente, a pesar de que el dinero nunca sobra y de tener una casa cerca. Así que deben disfrutar el momento, Belén y Severino accedieron a cuidar a las niñas y eso no sucede con frecuencia.

Tomados de la mano, con las mejillas rojas partidas por el viento frío que en nada se asemeja al viento helado de Chicago, apenas ayer, domingo, caminaron una vez más las calles estrechas de la ciudad y, acalorados, consideraron lo inútil que era llevar los guantes puestos. Enseguida se deshicieron de ellos y reconocieron el tibio tacto de uno y de otro. La palma callosa de él forjada en el azadón y el tractor. Las manos que se volvieron hábiles al manejar un proyector de cine y que luego se dedicaron al armado de piezas para auto. Los dedos fuertes entrelazando los delgados dedos de ella, tanteando su palma blanda y rosada que sabe hacer música con las cacerolas cuando guisa un platillo y cuida que nada falte a las niñas para ir a la escuela: el licuado por las mañanas, los colores y el lápiz adhesivo en la lapicera, las libretas forradas.

Los dedos de él en los dedos de ella quisieran decirle ¡eh!, no te vas de aquí, te quedas conmigo, y ella en silencio responde está bien, no quiero irme, ¿no te das cuenta?

A un viejo de sombrero ancho y camisa a cuadros que llevaba un burro con dos garrafas color ocre le compraron dos vasos de aguamiel para el desayuno. De reojo, leyeron los titulares de los periódicos extendidos en una

13

banqueta: una madre acudió a la ministerial a denunciar a su hija golpeadora, un esposo celoso amenazó con una escopeta a su mujer. Después de admirar la cantera rosa de los edificios y el violento azul del cielo, limpio de nubes, siguieron la recomendación del recepcionista del hotel y comieron asado de boda en un ruidoso restaurante cerca de los portales.

¿Hace frío o calor?, se repetían al cambiar de una a otra banqueta porque el sol les quemaba el rostro o porque ya los había aterido la sombra. Por la tarde, observaron a la gente pasar a través de los ventanales de una cafetería y la gente los vio a ellos, a sus churros espolvoreados de azúcar y a sus dos tazas de café con leche.

En cuanto suena la octava campanada del reloj de Catedral, la señora Manrique predice que aprovecharán el lunes para iniciar la semana de manera extraordinaria: continuar con una cruzada campal en el lecho, con calambres en las piernas de tanto estar enrollados, con arañazos y migajas de pan en la espalda y una ofensiva entre besos, almohadazos, pellizcos en los senos y una tregua de café caliente.

Y así será. Y así comienza todo.

Sin hacer ruido, ella se desliza encima de la alfombra rumbo al baño. Envuelta en la resbalosa tela de su camisón morado obispo, el espejo le regala la imagen de una mujer de piel blanca y melena rebelde. Sus mejillas aún permanecen teñidas del rubor sexual que el señor Manrique se encargó de grabarle palmo a palmo, como si en el mundo no existiera nada más que la sutil sincronía de sus cuerpos arrastrados por una ola de un deseo tierno y doméstico que no los dejó dormir a la hora acostumbrada, hasta que cerca del amanecer los mismos cuerpos dijeron basta y cayeron rendidos, uno encima de otro.

Se lava los dientes, perfuma el cuello con unas gotas de esencia de té verde, tira del escote del camisón para perfumar el pecho. No desenreda el cabello, lo sujeta en lo alto con unos broches. Un par de mechones caen en la frente y los costados. A sus treinta y ocho años es una mujer guapa y lo sabe: los espejos y las vidrieras, el agua de las fuentes y los charcos de lluvia lo confirman.

Vuelve a la cama. Debajo del camisón está desnuda. Trepa arriba del señor Manrique y, apenas con el roce de los labios sabor a menta herbal, le besa la frente. Con la punta de la lengua explora la curva de las cejas, los párpados cerrados, la desviación de la nariz a causa de una caída cuando era niño. Se detiene en los labios gruesos, morosa, como si su adentro fuera la pulpa de una fruta y sólo tuviera que besarlo para extraer su sabor a pera o a piña o a guayaba.

Besa esos labios, mansa, reposada, aplicada a una prueba de paciencia. Y en ese simple estar aparece la idea. Ignora de dónde surgió. Es algo instintivo, como cuando se retira la mano del fuego para no quemarse o cuando se bebe un vaso de agua para aplacar la sed. O quizá no. Habrá que confesarlo, la idea lleva años agazapada entre sueños, sin que germine la palabra adecuada para nombrarla, para pensarla con claridad. Aunque la arrinconó, le colocó puertas, jaulas, candados, todo tiene su fecha de caducidad y la idea se libera en la coincidencia de estar solos; los dos, lejos de casa, de los abuelos, de las niñas.

Toma la cosmetiquera que descansa en el buró. Saca un lápiz labial. Lo destapa. Aplaza el tiempo con un calmado girar de un tubo de donde emerge una barra cremosa color vino tinto, de punta aplanada por el uso. Durante unos segundos estudia el rostro afeitado de su esposo y acerca la barra para depositar un par de pequeños toques en los labios gruesos.

El esposo murmura algo, ella retira la mano. Por un instante, renuncia a maquillarlo, se amonesta. Pero como él no despierta, al poco tiempo continúa. Toques y toques hasta pintar los labios en su totalidad. A horcajadas, observa a contraluz el color vino tinto en el rostro moreno. Pero qué lindo te ves, quisiera decirle. Muerde el canto de su mano para aguantarse la risa, mientras una sensación de hormigas picotea sus propios labios y se deja caer encima de su esposo, cedida a la tentación de besarlo y degustar la pintura cremosa. Quiere lamerlo, mordisquearlo, embarrarlo y embarrarse de ese color.

Negado a abandonar el sueño, a vivir un día más, el señor Manrique abre los párpados con lentitud. Para su sorpresa, lo primero que ve no son los grandes números rojos del despertador digital, sino los ojos acuosos de su esposa que lo miran mientras lo besa y parecen decirle sigue durmiendo, yo velaré tu sueño, aunque sus movimientos contradigan cualquier palabra y dirija las manos de él hacia sus pechos perfumados encima del camisón.

—¿Qué haces? —se queja él frotándose los labios. Amodorrado, avista el dorso de su mano manchado de rojo—. ¿Estás loca? —quiere levantarse, pero con gentileza, ella coloca la palma en su pecho. Aquello es sólo una idea que, de tan diminuta y baladí, ya no está, no vale la pena molestarse.

Y nueve meses después de aquellos labios vino tinto, de aquel primer no despertar a tiempo para ir al trabajo, bajo la constelación de Escorpión y un cielo sin nubes, el señor Manrique aplasta con el zapato el quinto cigarrillo que fuma en el jardín del hospital, después de encargar otra vez a las niñas a Belén y Severino, de conducir una angustiada media hora y de llevar a su mujer con la cara pálida de dolor en el asiento de la Cherokee. Mientras aguarda cualquier noticia del ginecólogo o de la enfermera, la noche le regala la luna llena más hermosa de octubre.

A las diez y media del jueves 31, el llanto de una recién nacida rompe la expectativa, como si un ángel mensajero cayera directo en las piernas abiertas de la señora Manrique, en los tres kilos trescientos gramos de carne hecha bebé, de manoteos al aire, de cabello color canela separado en ondas de puntas desiguales y pegado a la mollera, de ojos color marrón tan distintos a los de su madre y a los de su abuela, tan asombrosamente abiertos, como preguntando ¿qué me ven? entre el sudor, la grasa y la sangre.

Ese llanto es un alarido de vida que ablanda la piel de los doctores, recorre los pasillos, escapa de las paredes del hospital y deja boquiabierto al señor Manrique, quien detiene el humo del cigarro en la garganta. Es el llanto de un ángel que es arrojado a la vida y que pronto se mezcla con el sonido del tren, con el recorrido nocturno que Severino escucha desde el lado izquierdo de la cama, cuando Belén le pide silencio con el índice en los labios porque las niñas duermen.

Ese llanto celeste anuncia el nacimiento de la cuarta hija de los Manrique: su nombre es Mar, y dentro de unos años será una mujer que llevará tatuado su nombre en la piel como un sello distintivo de peligro y ola, capricho y arena, calor y espuma, maldad y esperanza.

A la señora Manrique le gusta probar la textura de un nuevo labial y levantarse el cabello con las manos cuando baila rock and roll. Le gustan los vestidos color amarillo cuando está soleado, los guantes largos que alcanzan el codo y los sombreros cloché sin ala, como los que mamá Belén usaba cuando era joven. En cuanto a olores y sabores, le encanta mezclar una taza de jugo de zanahoria con otra de jugo de naranja, el aroma de un volteado de piña recién salido del horno y preparar un pavo aunque no sea Navidad. Le gusta cocinar, sí, pero sobre todo experimentar a capricho con nuevos ingredientes: intercambiar la pimienta por un azafrán, el perejil por el cilantro o hacer un pedido de curry y cúrcuma con la señora que vende fayuca en el mercado sin importar las semanas de demora del paquete.

Hace tan poco ella se dedicaba a vender fayuca en su casa. Cuando dio fin a su sueño americano y regresaron a México, a las niñas sólo les permitieron elegir uno de sus juguetes favoritos y, durante horas, viajaron apretujados al frente de la Cherokee para dejar espacio libre en la cajuela y abarrotarla de grabadoras, estéreos para auto, ropa, perfumes. Cuando el señor Manrique aseguró la manija del camper y buscó la mirada de su mujer, ambos comprendieron que dejaban atrás una vida de trabajo en común, de inviernos inclementes y desabridos cafés del McDonald's, de veranos bochornosos con *flavor* de limón artificial, de un idioma tan complejo que nunca aprendieron bien a bien —de no ser por lo listas que son las niñas— a pesar del *My First English Class, Unit One,* que repetían los martes a la hora de clase, después de una jornada de ocho horas sellando bolsas de *french fries* dentro de un congelador gigante.

Así pasaron años de residencia ilegal para obtener una ciudadanía y poder arreglarles los papeles a las niñas: su *Birth Certificate,* su *ID* y su *Social Security* en regla. Porque las tres primeras hijas nacieron allá, del otro lado, en el Saint Isidore Hospital. Pero un año antes de concluir la guerra de Vietnam, la fábrica de plásticos donde trabajaban los liquidó. En lugar de amilanarse, creyeron que tener tanto dinero junto era un aviso, una señal del destino: el momento oportuno para vender la casa de dos pisos en Blue Island y comprar un rancho en Cielo Cruel, lo que siempre habían deseado.

La esperanza de volver a México era una espina clavada e incómoda que, aunque trataban de ocultar en el gabacho, no dejaba de estar ahí, de inundarlos de tristeza cuando debían estar alegres. Añoraban una vida tranquila en casa de Belén y Severino, donde el edificio más grande no fuera la torre Sears, sino el crestón de un cerro o el campanario de una iglesia. Deseaban subir el volumen del tocadiscos hasta el máximo, cantar boleros y rancheras con la garganta enardecida por el mezcal, sin vergüenza, sin miedo, sin el pendiente de molestar a algún vecino que los delatara a la migra. Querían saludar a los amigos, enchilarse con un plato de pozole, comer tortillas —de maíz pasado por el nixtamal, torteadas a mano, recién salidas del comal— y, de paso, las niñas convivirían con los abuelos. Pero ante todo, la señora Manrique echaba de menos a Soledad, su amiga de la infancia.

Después de seleccionar las mejores frutas y verduras en el mercado, la señora Manrique va a la fayuca los domingos. Ahí se surte de dos tarros de crema para el cuidado de rostro y cuello, ahí adquiere las cacerolas de teflón y el *slinky* de colores para las niñas. Odia los grandes almacenes que le recuerdan su vida pasada con los gringos, la gente amontonada para comprar una vajilla blanca o un árbol de Navidad a un precio exorbitante. Ella prefiere llenar la casa de aroma silvestre y monte fresco, y siempre se las ingenia para rejuvenecer un pino deslucido de pocas ramas.

A finales de noviembre le comunica a su esposo que es tiempo de ir a buscar el árbol de Navidad. Enseguida, la familia sube a la camioneta, salen de Cielo Cruel y toman la terracería rumbo al rancho; antes pasaron a una tienda y se surtieron de jugos, papas y refrescos para el camino. Cuando muy al fondo de las parras, la señora Manrique localiza el pino indicado, se detiene y hace ese gesto que a su esposo todavía le cautiva tanto: distraída y hermosa como es, sacude la melena y gira la cabeza hasta rozar con la mandíbula el hombro desnudo, señala el pino y, sin darse cuenta, derrama la Coca-Cola que lleva en la mano. Y ríe, como si un sonido de copas al brindar escapara de su boca.

El señor Manrique sabe la fecha exacta de cuando fue testigo de esa fiesta por primera vez. Es decir, de ese gesto. Fue un domingo de mayo de 1953, un poco antes de proyectar la película de Buñuel. Desde entonces, ese gesto le parece una invitación para entrar al misterio de su mundo, como si los caleidoscopios naranjas del vestido corto que ahora usa salieran de la tela, le tocaran el cuello, la frente y se esparcieran alrededor del cabello hasta alcanzar la orilla de las botas.

Al final, la señora Manrique guiña un ojo como para decir ya está decidido, este es el pino que llenaré de luces, escarcha roja, pelo de ángel y esferas de colores, vámonos a casa. Y aquello marea y excita al señor Manrique, ilumina y paraliza su alrededor: el aletear de un halcón bajo la luz del sol, el griterío y el correr de las niñas entre la tierra y las parras, el lejano ladrido de un coyote.

Al señor Manrique le gusta leer de inicio a fin los manuales de los electrodomésticos, desayunar chilaquiles y tres panes tostados con mantequilla y mermelada de fresa mientras mira el escote de su mujer. Le gusta el chile habanero, una buena tostada de carne de cerdo y comprar cada domingo de fin de mes la revista *Playboy* que venden en el puesto de la plaza. Los viernes por la noche juega billar. Descuelga el taco Molinari del soporte de pared que está en su recámara y, aunque no haga falta, lo limpia con un paño seco. Lo aprecia, es un regalo de su suegro Severino. De lunes a sábado se levanta dos minutos antes de que suene la alarma a las cinco de la madrugada y, entre el polvo y los ladridos de los perros, maneja por las calles para llegar al rancho antes que cualquiera de sus trabajadores.

Con alma de niño egoísta, reserva para sí el primer olor del campo, cuando el día despierta y el sol se escurre por los cerros como si alguien volcara un tarro de miel de agave. Ese sol ilumina los guijarros, mece las hojas de los eucaliptos con un aire tibio, mientras la tierra aún permanece mojada por el sereno de la noche. Sostiene entre las manos los brotes de la uva, son un tesoro frágil que acaricia sin arrancarlos de la parra. Las siguientes horas las distribuye en verificar la lista de pendientes y en hacer nuevos encargos a los trabajadores, en supervisar el funcionamiento de la bomba para que el agua no escasee y en manejar el tractor por simple placer.

Por la tarde, cuando vuelve a casa, se deshace de sus botas de trabajo y se baña antes de cenar. Talla su cabello y cuerpo con jabón de sábila, sin molestarse en elegir una de las botellas de champú que usan las mujeres de la casa. Porque así como su esposa odia los grandes almacenes, él odia las complicaciones, tal y como sucede con el nacimiento de la hija pequeña, quien llega tarde a la repartición de nombres en la familia, trastornando el práctico sistema que han seguido para bautizar a cada una de las niñas: la mayor lleva el nombre de la abuela paterna, la segunda se llama como la madre, la tercera como la abuela materna; ante el nacimiento de la cuarta hija, los padres se quedan sin alternativas.

Durante veinte días agotan los medios para elegir el nombre adecuado: evocan los de los familiares, tanto de los cercanos como de los más alejados; recuerdan el de los amigos, incluidos los de la infancia, los que no ven desde hace años; revisan los de mujeres famosas en los libros de Belén y en la recién comprada *Enciclopedia Británica*: Marie Curie, Mata Hari, Eva Perón; estudian a cabalidad el almanaque y con una pluma eliminan el santa Benita y el santa Dominica, acaso dudan con santa Odette, pero un vecino los alerta: Odette es el nombre de la prostituta más vieja de Cielo Cruel. Por último, agobiados ante la búsqueda, pagan quince minutos de una llamada internacional a cambio de repasar las listas del directorio telefónico en la caseta. Nada los convence.

Para esos días, "The Night Chicago Died" se oye en todas las estaciones de radio y, entre los bochornos de la cuarentena, el cambio de pañales y el olor a talco, la señora Manrique acostumbra sintonizar una radionovela a las seis de la tarde, donde los buenos son buenos y los malos son malos. Después de la leche materna, la bebé duerme.

Escucha y no puede evitarlo, hay algo de fascinante en la villana. Más allá de la voz impostada y de hacer sufrir hasta lo indecible a la protagonista —la mayoría de las veces sin motivo—, le parece que las villanas son más divertidas. Al final, claro está, deben pagar el precio de sus vilezas, pero mientras tanto disfrutan a conciencia los placeres de la vida: desde un buen corte de carne y una copa de vino tinto hasta paladear en las manos el control que ejercen sobre los demás, y qué decir de su poder de destrucción. Las malas ríen más, gozan más. En consecuencia, son inteligentes, concluye.

El señor Manrique siente un alivio inusitado y no encuentra réplica para contradecir a su mujer cuando ella le dice, con una sensación de alivio idéntica a la suya, que ya tiene el nombre para la cuarta hija: Mar, como la villana de la radionovela.

A Mar le gusta comer las cerezas con las que su madre adorna el volteado de piña, picarse la nariz para examinar la consistencia de sus mocos y ver a su padre mecerse la barbilla como persona importante cuando alguna vecina le pide ayuda para cambiar el tanque de gas o un amigo le solicita consejo sobre los mejores aditivos para ahorrar gasolina. Y aunque quisiera tener el cabello largo y con caireles, el suyo es lacio y corto, apenas le cubre las orejas.

—Marecita, vamos a cortarte el cabello de cazuela —le dice su madre rumbo a la peluquería.

Media hora después despide con un par de lágrimas cualquier esperanza de tener caireles.

Cuando hace un buen día juega al elástico con sus hermanas en el patio de la casa. De frente a una pared o contra el piso, según la trayectoria del sol, confronta su sombra con sus mejores patadas de karateca o mueve la cintura al ritmo de un hula hula. Es de las pocas que logra empujarlo con la cadera hacia el torso, de ahí, mete los brazos sin dejar de girarlo y lo saca por la cabeza con la ayuda de una mano. Cuando llueve mira a través de la ventana e imagina que nacen patos en las gotas que rebotan en los charcos, o sale a la banqueta enfundada en su impermeable verde y sus botas de plástico a empujar a los caracoles para que lleguen rápido a su destino.

Por las noches, antes de que la señora Manrique pase a su recámara a darle un beso en la frente y a apagarle la luz, y a repetirle que del sótano que está debajo de la cama no saldrá ningún fantasma —porque la casa de los abuelos es así, un tanto diferente—, lee un libro ilustrado de mitología griega que sus padres le regalaron en su último cumpleaños. Se sorprende por la manera como Zeus se transforma en toro o en cisne para conquistar a una muchacha, o cómo se convierte en águila para enamorar a un joven.

Cierra los ojos, acerca el libro a la nariz, huele las hojas nuevas y adivina el aroma salvaje del toro: un olor a hierbas y a establo que se confunde con el del caramelo que su madre derrama encima del flan. La muchacha que monta al toro huele a vainilla, a leche caliente que se mezcla con el sabor de los blanquillos. Ambos corren dentro de un río, huyen de algo que les impide estar juntos. Ella se sujeta a los cuernos del toro en medio de un volar de telas oscuras que resaltan lo blando de sus pechos de flan, su cintura de flan, sus piernas de flan, del cuerpo todo igual a un postre en movimiento que viaja de las manos de su madre, del horno al libro, de las letras a la mesa.

Toro y muchacha tienen prisa, mucha urgencia. Corren con la necesidad de arribar a algún lado, como cuando ella, de tanto aguantarse la risa de algún chiste que cuentan sus amigas, se adelanta al baño de la escuela para descubrirlo ocupado. El toro es un puño de azúcar a punto de esparcirse en un postre y la muchacha tiene que abrir su piel para recibirlo, para relamerse los labios con la lengua, como gata gorda y empachada frente a un plato de leche, o como planta en fotosíntesis que chupa agua y luz para estar viva.

Aunque si en lugar de fantasmas saltaran del sótano las tres Gorgonas y la obligaran a elegir una historia de su libro a riesgo de convertirla en piedra, sin duda elegiría a Selene y Endimión. Ese amor que sólo es posible entre sueños, en un bosque o en la orilla de una playa, cuando por medio de hechizos la luna se transforma en mujer y sube su cuerpo helado, blanco y brillante como paleta de limón que se derrite encima del príncipe Paris, dormido y tibio. El cuerpo de él es una cama y ella estira los brazos y las piernas porque tiene muchas ganas de dormir.

El libro de mitología griega no lo aclara, pero Mar se abraza un poco más a él, sospecha que sentir el cuerpo de un novio por primera vez será parecido a recibir el peso de un libro nuevo: la camisa blanca, desabrochada, como una página colmada de renglones que esperan un dedo para marcar el inicio de la lectura.

En esas está, imaginando, cuando los dioses griegos le ordenan silencio a las criaturas del agua. Silencio a la ballena, al hipocampo, a las tres cabezas de serpiente de la Hidra. Silencio al pez espada, a la sirena, a la sed del monstruo Caribdis. Silencio a la tortuga, al delfín. Nadie debe despertar a los que duermen.

Aún no sabe que esas historias fuera del libro tienen otro nombre, algo que entre susurros, mejillas encendidas y sonrisas disimuladas, la gente llama deseo. Pronto aprenderá que el deseo confunde: a veces es como un borbotear de agua o como una estufa en llamas, como el galope de un caballo o un corazón martillado, como un repicar de campanas o un golpe en la esquina de la mesa, o como el abrazo que impidió a sus padres levantarse aquel lunes por la mañana, cuando la misma Mar era apenas una posibilidad, un calambre imperceptible en el vientre humedecido de su madre.

Todavía desconoce que el deseo se marca como huella en los dedos de las manos y los pies, y entonces nace el tacto; que se mezcla con la saliva, humedece la lengua y el paladar, y entonces nace el gusto; y que gracias a él miran los ojos, escuchan los oídos y olfatea la nariz; y el primer llanto del recién nacido no es el aire que precisan los pulmones para respirar, es el deseo cuando dice sí.

Es de entenderse que ella también haya dicho sí en aquel su primer llanto, como cualquiera al momento de nacer. Pero desde que el cielo es azul y las vacas dan leche, el mundo se divide en dos tipos de personas: los que dicen sí al deseo y lo repiten como un eco a lo largo de la vida, y los que optan luego por el no.

Mar, por supuesto, pertenece al grupo de los que dicen sí, aunque aún lo ignora. Por ahora es una niña de ojos marrón y cabello de cazuela a la que le gustan muchas cosas. Porque ella es así, una niña a la que le gustan muchas cosas. Le encanta lamer una barra de chocolate Carlos V después de sumergirlo en un frasco de dulce de leche, por ejemplo, o comer tunas cardonas, frescas, recién peladas por su padre, cuando alguna tarde la familia se adentra al campo. También le gustan los tacos de arroz y jugar al Pac-Man en la tienda de abarrotes.

Y los vestidos de color verde.

Y las almohadas pachonas.

Y los bolígrafos de colores.

Y ver películas recostada en el regazo de su madre para contar las veces que Arturo de Córdova repite: "no tiene la menor importancia".

Y todo hubiera seguido así de no ser porque las hermanas, despistadas, como si hablaran de cómo coserle las hombreras a los blusones o de cuál color combina mejor con el azul eléctrico, le contaron el origen de su nombre, el de villana de radionovela, sin suponer la impresión que esto acarrearía en la desbocada imaginación de una niña.

Desde entonces, se sabe culpable y diferente. Su presencia es un maleficio capaz de originar grandes catástrofes, como cuando por tocar el vestido de novia de una muchacha ocasionó que el novio no llegara a la iglesia, o como cuando por esconderse debajo de la mesa su madre se cortó la uña con el cuchillo de la carne, o cuando al entrar a la cochera el motor de la Cherokee expulsó un chorro de agua caliente que casi quema la cara de su padre. Ella le regaló a la vecina una rebanada de pastel que le causó el terrible dolor de panza que terminó por matarla, y de tanto mirar cómo estudiaba una de sus hermanas para aprobar el examen de ingreso a medicina, provocó que la reprobaran y terminara trabajando de enfermera en un asilo; y quizá, sin querer, fue ella la culpable de la muerte de los abuelos.

No quiere llamarse como una villana, culpable le parece una palabra terrible, tremenda. Si pudiera pedir un deseo al genio de una lámpara, mandaría borrar esa palabra de los diccionarios o inventaría una ley que prohibiera volver a usarla y así hasta que pasaran los años y la gente se olvidara de ella y usaran otras palabras. Otras palabras como helado de vainilla, "el mundo necesita más helado de vainilla", repartiría volantes el domingo en el mercado; o cosquillas en la panza, "el mundo necesita más cosquillas en la panza", recitaría un lunes en los honores a la bandera. Porque cuando le preguntó a sus hermanas qué era una villana, ellas respondieron que era la culpable de lo malo que podía pasar en una familia: desde el incendio de una casa o la aparición de una enfermedad hasta la intempestiva muerte de los padres.

Todo eso y otras cosas, como cuando olvida rezar el Ángel de mi guarda o cuando en las noches camina descalza hacia la cocina, sin hacer ruido, para comerse las cerezas del pastel, la llevan a concluir que es la única culpable de la tristeza de su padre y de la que —no entiende por qué— su madre no se da cuenta, tan entretenida como está en probarse vestidos, en contemplarse en el espejo, en perfumarse y cepillarse el cabello para recibir a Soledad.

A Mar se le figura que esa tristeza es como el polvo que se cuela por las rendijas de las puertas para acumularse encima de la consola y el tocador. Es el polvo que ensucia las copas y los espejos, que se aferra a los abrigos de su madre y a los vestidos de fiesta de las hermanas, a pesar de estar guardados en bolsas de plástico en el fondo del ropero. Es la voz del padre que reclama estoy aquí, qué te pasa, mujer, por qué estás distraída.

Con el paso de los años, cuando Mar diga sí muchas veces y sea una mujer de caderas juguetonas que colecciona no-maridos y viva en un departamento muy distinto a la casa de los abuelos —sin sótanos debajo de la cama, sin juegos de serpientes y escaleras, sin llantas en forma de columpio—; cuando no encuentre tiempo para visitar a sus hermanas porque siempre hay pendientes que atender; cuando asista a su propia historia del deseo y su piel vibre y grite y se sienta un poco diosa, un poco puta, un poco santa, sólo entonces comprenderá la tristeza de su padre y la alegría de su madre. Porque algo de ese saberse villana continuará latiendo en la médula de sus huesos como la sentencia de una herida negra, profunda y milagrosamente viva.

El hombre de traje de cuadros color café y pantalón recto enfiló por la calle Argentina. *Una enseñanza a favor de los que nada saben.* Con pasos largos, decididos, caminaba sobándose la sien en claro gesto de concentración, quería grabar su pensamiento cada vez que tocaba los adoquines con los zapatos de cintas. *Si es tormento vivir sin tu amor.* Un, dos, tres. Marcaba el ritmo de un vals con el tronar de los dedos. *Enseñar con humildad.* Un, dos, tres. *Cruzadas contra el analfabetismo.* Cuando colocó los brazos en posición de baile para abrazar el talle de una mujer imaginaria, el saco corto de solapas en forma de muesca se levantó por arriba de la cintura. *Yo quiero regar, con mis lágrimas tu corazón.* Un paso al frente y medio círculo, directo al edificio señalado con el número veintiocho.

El guardia lo saludó con una media reverencia y él correspondió el saludo con el brillo de sus ojos oscuros y pequeños. *Maestro y tirano son términos excluyentes.* Con la mano derecha en el ala del sombrero Panamá pidió permiso para pasar entre la gente. Atravesó el patio central para subir las escaleras y arribar al segundo piso. *Hoy, que la revolución ha triunfado.* Consultó la hora tirando de la cadena del reloj guardado en la bolsa del chaleco. Eran las nueve de la mañana y estaba listo para iniciar el dictado. Con el índice a la altura de la frente, *los maestros vuelven los ojos a los maestros,* entró a su despacho.

—Buenos días, señorita Lili —se dirigió a la mujer de sesenta años de cabello corto, entrecano, con gafas redondas.

—Buenos días, licenciado. ¿Le sirvo su taza de café? —respondió con familiaridad, levantándose del asiento detrás del escritorio.

—Sí, Lili. Necesito estar concentrado.

Cinco minutos después, con el sabor del café en los labios y sin dejar de caminar alrededor del escritorio, con las mejillas rojas y los ojos brillantes más de lo usual, el hombre comenzó a dictar. Corregía, buscaba la palabra adecuada, la palabra justa que expresara su pensamiento, la necesidad de que el país aprendiera a leer y a escribir, que se conocieran las historias de *La Iliada* y el *Ramayana*.

Lili reajustó las gafas que resbalaban por su nariz. Varias veces hizo girar el rodillo de la máquina de escribir para cambiar la hoja y reiniciar. Atenta al ritmo de la voz del hombre, lo acompañó con el danzar de los dedos cayendo con suavidad encima de las duras teclas de la Remington.

Durante años, las palabras que el hombre dictó en su despacho de la calle Argentina número veintiocho, *la nación vuelve los ojos a los maestros*, hicieron su propio trabajo. La certidumbre de su fuerza las movió a través de las pocas líneas telefónicas que existían en la ciudad de México, para reescribirse en tren y a caballo entre las rutas del correo postal y repetirse de frontera a frontera y de costa a costa en los cables del telégrafo. *Dar sin reserva el buen consejo*. De hombre a mujer, de boca a oído, las palabras viajaron por los cuatro costados del país y, tarde que temprano, llegaron hasta el Cielo Cruel que Belén conoció de niña.

Pero por mucho y que estaban de acuerdo con las palabras del hombre, *la ignorancia es la causa de la injusticia*, los maestros de la capital no querían abandonar sus casas y familias para ir a trabajar a lugares desconocidos sin agua ni luz, donde la gente vivía perdida de la mano de Dios. Aunque eso no impidió que las palabras se las arreglaran solas. Porque cuando una idea tan grande avivaba las mejillas y los ojos del hombre, no existía razón alguna que detuviera su camino.

Belén tuvo miedo. Parada frente al salón de clases se restregó las manos. Por debajo de la severidad de sus ojos latía el corazón de una niña que ignoraba por qué se encontraba ahí. Por la mañana, después de un par de ajustes con hilo y aguja, se vistió con la falda y la blusa de encaje negro de Margarita, la hermana muerta. El cuello alto, abotonado hasta arriba, las mangas largas, el exceso de tela doblada alrededor de las muñecas. La pesada tela de la falda no lograba acentuar la cintura, que aún no se diferenciaba del torso ni de la cadera, y caía por enfrente de las piernas hasta la orilla de las botas de charol. Belén era de la misma edad que las otras niñas, más pequeña que las señoras que apenas cabían en los mesabancos.

Las nuevas alumnas conocían bien el olor del miedo, se habían curtido entre los gritos de los padres y los maridos. Identificaban el miedo de Belén, la niña maestra que no sabía qué hacer ni qué decir. Aguardaban el tono de su voz, espiar cualquier gesto involuntario que escapara de su rostro: un parpadeo, un temblar de pestañas. Más que mirar, las nuevas alumnas tenían hambre, devoraban con los ojos sin atreverse a tocar nada con las manos: las pizarras donde pronto aprenderían a escribir, los libros recién desempacados del tren; incluso abrieron la boca —asombradas o asustadas— cuando la niña maestra explicó que las pizarras y los libros eran un regalo de parte del presidente de la República, don Álvaro Obregón.

Antes de tomar el gis, Belén se secó las palmas sudorosas en los costados de la falda. Debía enterrar cuanto antes sus temores, crecer. Cuando escribió en el pizarrón, las nuevas alumnas percibieron el temblor de su espalda, la manera como los omóplatos se evidenciaban a través de la blusa, dos palomas deseosas de rasgar la tela, abrir la jaula, escapar. Querían soltar el comentario hiriente que llevaban adherido a la lengua, como todas las alumnas, desde que existió la primera de ellas. El comentario que saltara de boca en boca —a la maestra se le notan los calzones, tiene una mancha en la blusa— sin que nadie nunca admitiera quién lo pronunció. Pero si Belén estaba ahí, al frente, era por algo, era más lista que ninguna. Tenían que darse cuenta de eso, su deber era demostrarlo.

Con los dientes apretados y la mandíbula templada escribió *Ramayana* con letra grande y cursiva en el pizarrón. Ocultó el miedo entre las letras, fingió que era un roble que nadie podía doblegar. Con los pómulos hundidos, giró hacia el frente y en ese segundo movimiento sucedió el milagro del tiempo que se acelera, del tiempo que aún no transcurre, pero que cae encima de algunos cuantos elegidos como ella. En unos segundos, los años maduraron la lozana piel de una niña, endurecieron sus rasgos de manera prematura.

Con un paso adelante enfrentó la mirada de las nuevas alumnas, nadie se atrevió a importunarla. Había repasado por horas cada una de las lecciones, estaba lista para hablar de los vedas o del *Panchatantra*, de *Las mil y una noches* o de la ninfa Eco. También tuvo la precaución de calcular posibles escenarios, ¿cómo la recibirían? Seguro con la mecánica cantaleta de todos los días cuando alguien ingresaba al salón, obligándolas a levantarse de los mesabancos. Apenas ayer, ella hacía lo mismo, acoplaba su voz a las demás y…

—Bueeeenos díaaaaas.

—Siéntense.

—Graaaaaacias.

Apenas ayer, después de escuchar la voz tiesa de su maestro hablando con don Leopoldo, su padre, Belén tomó las tijeras de la máquina de coser de su madre Longina, se cortó la trenza rubia a la orilla de la nuca y nunca más se dejó crecer el cabello.

—Don Leopoldo, su hija es la más adelantada de la escuela, el país la necesita —ávido de espantar el calor de las tres de la tarde, el maestro resopló con el escaso aire con el que tocaba la trompeta para anunciar la entrada a los tres tambores de la banda de guerra.

"El país la necesita". Belén no estaba segura del significado de esas palabras, pero intuyó que no jugaría más con sus amigas ni reiría más a boca abierta. De golpe, el país tocaba a la puerta de su casa cuando nadie en la familia esperaba visitas. El país le ordenaba que creciera rápido, restaba un fin de semana para convertirse en maestra.

Detrás de la puerta de madera que separaba la sala de su recámara, sintió que las palabras del maestro la sumergían en un tiempo singular, donde las personas y las cosas perdían peso y se tornaban borrosas. Don Leopoldo, el orgulloso de su piel blanca y sus ojos azules, de apellido Díaz de León por donde corría sangre noble y española, sentado, con el tobillo izquierdo en la rodilla derecha, no se movió, había dejado de ser su padre, "el país la necesita". Longina, la de piel morena y sangre chichimeca, de cuerpo que se ofrecía como flor a pesar de ir cubierto entre los holanes del vestido, tampoco se movió. Aunque cargaba una charola con una jarra de agua de jamaica y dos vasos con hielos, había dejado de ser su madre, "el país la necesita".

En adelante, Belén se convirtió en la maestra enlutada de piel blanca y ojos azules, la maestra que fue a lo largo de su vida, la que sonaba el piso con la bota para callar a las alumnas, la que todos temían. Con la barbilla en lo alto, aprendió a mirar con petulancia a quien osara mirarla: a las niñas de seis, de siete y de ocho años, malcomidas y con la cara sucia; a las jóvenes de quince o de veinte, de mejillas hundidas y trenzas disparejas; a las señoras de la edad de su madre. Su maestro tenía razón, si el país la necesitaba era porque ella enseñaría sumas y restas sin importar las reglas de madera que debía quebrar cuando golpeara el escritorio, ni el número de borradores que lanzara al pizarrón porque alguien olvidaba el abecedario; si el país la necesitaba era porque ella llevaría un jabón hecho de ceniza de algunas plantas para enseñar el valor del aseo y porque de lunes a viernes revisaría que las uñas estuvieran limpias y recortadas; si el país la necesitaba era porque *la letra con sangre entra* y era mejor un castigo a tiempo que arrepentirse mil veces después.

Y así lo hizo año tras año, sin destinar dinero en remplazar la ropa de Margarita. Así, hasta que la niña maestra se transformó en una joven enlutada enamorada de Severino.

Durante ese correr de tiempo, sólo hubo un espacio donde volvió a sentirse casi hija de sus alumnas: la clase de juguetes. Los viernes, durante la última hora, con botones de camisas viejas, estambres de colores y retazos de tela olvidada, enseñaba a las alumnas a confeccionar una muñeca de trapo. Entre el rellenar de una pierna, el coser de una pequeña falda, el bordar de unos ojos y una sonrisa, la emoción embargaba la austeridad de su rostro.

Belén: maestra guapa, enojona y enlutada. Por años, así fue recordada en Cielo Cruel.

Y mientras Belén diseñaba muñecas de trapo con sus alumnas de la escuela primaria Manuela Hita, el mundo continuó con su imperturbable curso: la señorita Lili murió de un catarro mal cuidado y el hombre de traje de cuadros que trabajaba en el edificio de la calle Argentina, número veintiocho, siguió llevando treinta y seis años más el apellido Vasconcelos.

—¿Qué crees? Dicen que le está haciendo de chivo los tamales con el hermano —exclama Soledad en cuanto su madre abre la puerta.

Oculta debajo de la mesa, tras del mantel, Mar observa cuando las amigas se saludan con un beso. Soledad viste un blusón holgado de rayas verdes y amarillas y un pantalón capri. El fleco alto cae sobre su frente, abajo de las cejas. Entra con una botella grande de Coca-Cola seguida de sus tres hijas, quienes tienen más o menos los mismos años que las hermanas de Mar. Apura a las niñas a que se vayan a la recámara, lejos de la cocina, por favor, y no olviden cerrar la puerta. Ante Mar desfilan tres pares de piernas flacas con huaraches Windy's de colores.

Cada viernes, Soledad entra a su casa y frunce el entrecejo, levanta la punta de la nariz y aprieta los labios al tiempo en que coloca la mano izquierda en el pecho, como actriz famosa que dice a los reporteros estoy agotada, por hoy se cancelan las entrevistas. Mar intuye que a Soledad le gustaría encerrar a las niñas bajo llave para que la dejen platicar tranquila y respirar a sus anchas, sin escuchar el mamá, no me dejan oír mi casete favorito; mamá, están usando limón en mi cabello en lugar de Superpunk; sin pronunciar el basta, dije basta, se acabó, nos vamos a casa.

Por encima de su cabeza, escucha cuando su madre oprime un botón de la grabadora. Play: *Tú eres el grave problema que yo no sé resolver y...* Stop.

—Tú qué crees, ¿perdona a su mujer?

—Gloria, ¡quita esa canción de mierda por el amor de Dios! —exclama Soledad con las palmas extendidas lado a lado de la cara, con una sonrisa que le marca el hoyuelo de la barbilla.

Mar mira cuando su madre deja caer un dedo en ese hoyuelo, como quien no quiere la cosa. Soledad entrecierra los párpados, el dedo la hipnotiza. Le dice en uno, dos, tres, te quedarás dormida, seguirás mi voz, y pronuncia el nombre de Gloria como si se le olvidara respirar.

Gloria.

Es tan raro que a su mamá la llamen así. Ella y sus hermanas le dicen ma, amá, mami, mamita. Su padre le dice hermosa, jija del máiz, guapa, ven acá, no te enojes. La gente le dice señora Manrique, ¿qué va a comprar hoy?

Oye de nuevo los botones de la grabadora. Imagina la sonrisa de su madre mientras pasa del play al rewind y del rewind al stop. Está convencida de que las dos tienen poderes. Soledad, por ejemplo, al ondear un brazo o cerrar los cajones con la cadera, repinta y saca brillo alrededor: el cromo de la licuadora se torna plateado, el blanco del refrigerador se vuelve nítido y resalta el amarillo de los plátanos. Las cosas dejan de ser una mancha oscura y la casa se transforma: se delinea el contorno de la estufa, el largo de un vaso, la curva de una cuchara. Llega Soledad y, de inmediato, se activa un mecanismo secreto que cambia a su madre: sus ojos se aborregan hasta tornarse casi agua, sus movimientos son lentos, su cabello se mueve a lo largo de la espalda.

O eso percibe a través de la emoción de su madre, como cuando su padre dice no se puede tapar el sol con un dedo o más sabe el diablo por viejo porque camarón que se duerme se lo lleva el viento. Su madre nunca deja a sus hermanas solas en la habitación, menos con una bolsa grande de Sabritas. Cuando aparece Soledad se convierte en una mamá olvidadiza, boba, sonriente. Hace rato ya que dejó de limpiar los frijoles y el agua para el café sigue hirviendo en la estufa.

—Gloria.

Escucha el chistoso vibrar de la garganta de Soledad como si hiciera gárgaras con bicarbonato. Es testigo de lo hondo que traga saliva, de sus ganas de hablar, de que aquello no sea una tarea dificilísima. En esos momentos, el tiempo en la cocina se detiene. Sólo existe un nombre flotando alrededor:

Gloria.

Entre suspiros, parece que Soledad llama a otra persona, no a su madre. Fuera de casa, Gloria es la señora Manrique, la mamá de cuatro niñas, la hija de Belén y Severino; para Soledad, es el aire que le falta.

Rewind: *Me da tristeza y vergüenza contarles, que por torpeza...* Stop. Soledad abre la botella de Coca-Cola, sirve dos vasos grandes:

—¡Pero qué burradas de canciones te gustan!

Mar imagina los mohínes de su madre, puede verla bajando las pestañas cargadas de rímel azul marino. Está sentada. A través del mantel contempla la minifalda que lleva puesta, las piernas cruzadas, las zapatillas de plástico.

Rewind: *Tú estás siempre en mi mente, pienso en ti, amor, a...* Stop.

—Claro que la perdona. ¿Quieres apostar?

—Pero es el hermano, Sole. Eso no es cualquier cosa.

Soledad no responde. Da un trago al refresco y deposita con fuerza el vaso en la mesa como si estuviera en la barra de un bar y ordenara al cantinero otro trago de tequila. Eructa, se soba la barriga. Acaricia un bigote imaginario como hacen los actores en las películas. Mar está segura de que a Soledad le importa un comino, como dice su padre cuando habla de futbol, si ese marido engañado perdona o no a su esposa.

40

Los pantalones capri se acercan a la mesa. Las amigas ríen sin empacho, sin vergüenza, y ya no dejan de reír.

Rewind: *I love you, baby, trust in me when I say…*

—¡La encontré! —grita su madre.

—Ven, vamos a bailar —Soledad le estira el brazo, la levanta de la silla. Por el impulso, la silla cae al piso. Las amigas ríen más fuerte.

Se toman de las manos, alargan y entrelazan los brazos, los pasan por detrás del cuello de la otra. Giran, con el rostro inclinado hacia abajo. Se miran de lado, celebran. Una da un paso a la derecha y la otra a la izquierda. Vuelven a empezar y ríen. Más que cantar, gritan la canción por todo lo alto. *I love you, baby*, quieren que las lámparas tiemblen, que vuele el techo de la casa.

Mar sigue mirando. Las amigas se tocan el cabello. Se pintan las mejillas de fiusha por los besos que una le da a la otra y la otra le regresa a la primera. Demasiados besos, demasiadas bocas pintadas entre dos.

—Me voy a hacer un tatuaje de tus labios en mi cuello —dice Soledad y el rostro de su madre se ilumina como un foco encendido en medio de la habitación.

Se agarran por los codos, se acercan. Se acarician los hombros, las cinturas. Beben refresco. Se tiran de las orejas y se dan más besos: en la frente, en la nariz, en el cuello. No se dan cuenta de que Mar las mira, concentrada en guardar cada detalle en su memoria. Ellas se juntan y se apartan para enseguida juntarse, dejan caer las manos alrededor de la cadera. Una avanza la rodilla para entreabrir las piernas de la otra. En ratos exageran la risa, aunque luego se aplacan.

¿Por qué los viernes Soledad habla de tamales y de chivos? Quizá es un refrán, una de esas frases que tanto repite su padre. O quizá es un saludo: buenas tardes, querida amiga, traje otra vez tu bebida favorita, ¿cómo estás?, ¿ya aprendiste taquigrafía?, es el futuro, te lo digo yo.

Paso a paso, Soledad empuja a su madre hacia la mesa. Mar se restriega las manos, cree que van a descubrirla. Pero no. Soledad aprisiona la cintura de su madre, la levanta en el aire y la sienta en la orilla de la mesa, arriba de la cabeza de Mar. Lado a lado de su cara contempla las pantorrillas, las zapatillas de plástico colgando apenas en la punta de los pies. Observa el pantalón capri que se mueve hacia adelante, hacia atrás, el largo del blusón verde y amarillo. Un sonido de cascabeles las acompaña.

—¿Te molestan? —indaga Soledad.

—Ya me acostumbré —responde su madre.

¿De qué hablan? Si se estira un poco, tan sólo un poco, puede interrumpirlas. Alarga la mano para tocar la pantorrilla, para decir, estoy aquí, no me quedé en la recámara con las otras niñas. Pero en el último minuto se arrepiente, no hace nada, no quiere molestarlas. Seguro Soledad explica la receta: antes de embarrar el relleno, la masa debe estar suave y los tamales se cobijan con un trapo limpio para que no escape el calor de la vaporera. Manteca, sal, hojas de maíz, ¿qué falta? Enumera con los dedos mientras escucha el rítmico crujir de la mesa de madera. No, menea la cabeza de un lado a otro, a ella no la engañan. Hay algo oculto en esa receta, pero por más vueltas que le da no logra comprender nada. Aquello es un misterio que está dispuesta a resolver, como cuando descubrió que el ya veremos, dijo un ciego que ni tomates tenía no se refería a un hombre sin una granja.

Se atolondra con el vaivén de las pantorrillas. Imagina a su madre trepada en un columpio que Soledad empieza a mecer. Hay mujeres a las que no les interesa aprender a hacer tamales, concluye. Por eso olvidan el pollo, el cerdo o el queso, sigue enumerando con los dedos. Los frijoles limpios caen como lluvia desde lo alto, rebotan una o dos veces en las baldosas color naranja.

Cuando la carcajada de su madre es más fuerte que el crujir de la mesa, advierte con mayor claridad el sonido de cascabeles y a ella también le dan ganas de reír. ¿Cuándo se han visto tamales de chivo?, se lleva una mano a la frente, niega con la cabeza. ¡Qué barbaridad!

A ti, te quiero en mi cama. A Gloria le excita imaginar que un hombre penetra a su marido al mismo tiempo que su marido la penetra a ella.

Bocarriba, encima de la cama, con el corazón sofocado y las piernas abiertas, mientras las niñas duermen, sujeta la cadera de su esposo y dirige los movimientos hacia su adentro. Entrecierra los ojos y percibe el peso de los hombres, uno detrás de otro. Divaga en su doble rostro, en sus cuatro brazos, en sus cuatro piernas. Un par de gemelos. Un rostro moreno de mandíbula cuadrada se asoma por detrás de un cuello que sostiene un segundo rostro moreno de mandíbula cuadrada. Ella los acaricia con ternura porque de tan iguales le parecen uno, luego dos, luego uno.

A ti, te quiero en mi cama. Desde la mañana, cuando caminó por la plaza rumbo al mercado, fantaseó en invitar a un hombre a su habitación, con ella y su marido. Por eso ahora los tres son un poco pulpos o arañas, una confusión de cuerpos que se comen. Babosos, resbaladizos, acróbatas. El hombre imaginario transporta una dichosa electricidad que pasa al señor Manrique y de ahí hacia ella, como cuando en una carrera de relevos un atleta entrega la estafeta a otro o como cuando un círculo de niños alrededor de un poste de luz, entre tierra, cielo y humedad, comparte un calambre de eléctricas cosquillas.

A ti, te quiero en mi cama. Los tres cuerpos son serpentinas de colores. Brazos y piernas que se enrollan y se dejan desenredar para marcar la música de un muy particular oleaje: unos ojos se cubren con un brazo y una almohada se ahueca, unos dientes localizan la tensión de un cuello y una sábana resbala, unos labios lamen un hombro y una cama rechina.

A ti, te quiero en mi cama. Un milagro sucede al interior de una recámara común dentro de una casa común ubicada en el barrio de una ciudad común. Porque de vislumbrar las tres pieles erizadas, a Gloria le dan ganas de rezar. Porque el plácido temblor de tres cuerpos que se aman transforma aquella recámara en una cueva milenaria, en un universo donde ellos son tres niños que avanzan, curiosos, en lo íntimo de una noche negada a recibir el día.

A ti, te quiero en mi cama. Por la espalda, el hombre imaginario mordisquea el cuello de su marido, gruñe su deleite alrededor de la oreja, hunde su placer en lo oscuro de otra entraña. El señor Manrique no grita ni se queja. Con los ojos cerrados, las manos apoyadas en el colchón, lado a lado del cuerpo de ella, y con el rostro hacia el techo como el que implora, una arqueada lo arroja al mundo como un recién nacido.

—Espera un poco… Espera —dice. O Gloria supone que lo dice. O inventa que lo dice el hombre imaginario.

A ti, te quiero en mi cama. Y cómo no sonreír, carajo, cómo no agitarse entre las sábanas y los hombres, cómo no recordar a Soledad y desear su presencia, cómo no agradecer a la vida y hacer lo que se deba para atesorar ese momento. El hombre aquel le regala el vientre plano y sensible de su marido, traduce su placer en el placer de todos: el placer inaudito.

Y no hay nada que excite tanto al señor Manrique como seguir los movimientos de su mujer cuando por la tarde se arregla en el baño, frente al espejo, antes de salir a pasear. Con un trago de whisky en la mano corre la cerradura de la puerta y se sienta en la orilla de la tina. Sonríe con picardía. Gloria, achispada por la curiosidad de su marido que no ha flaqueado a pesar de los años, inclina la espalda frente al lavabo para aplicarse el rímel y saca el trasero, ofrece la promesa de un tesoro dentro de un vestido morado.

Después de ondular el cabello con el cepillo y la secadora, de untarse cremas, de pellizcarse las mejillas para fijar el rubor como tantas veces vio que lo hiciera mamá Belén, toma un labial y moja, repasa, remarca sus labios de pintura rosa. A partir de ese sencillo toque, el señor Manrique mira cómo el rostro de su mujer es el resumen de una boca que exige besar y ser besada, comer y ser comida.

Es domingo, pronto caerá la noche y uno de los habitantes más viejos de Cielo Cruel iniciará su recorrido por las calles principales. Con un palo de madera empujará hacia arriba la manija de un *switch* para encender los faroles e inundar los callejones de tonos sepias. Si hubieran vivido otro poco, Belén y Severino se habrían quedado en casa, arrullados entre las cobijas con un jarro de leche tibia y el sonido del televisor, con "La chica de humo" o los cantantes que a Raúl Velasco le diera la gana anunciar entre corte y corte.

Papá, mamá y las cuatro hijas pasarían a la panadería a comprar polvorones, bolillos para las tortas de mañana, conchas de vainilla y chocolate, o elotes con mayonesa, queso y chile piquín para comerlos de regreso. Todos tomados de la mano, porque los tiempos no son como antes, ya no se puede dejar la puerta abierta de la casa ni la ventana del auto a medio cerrar. Cada vez es más frecuente que desaparezcan muchachas sin dejar rastro, y si a una de sus hijas le llegara a pasar algo, Gloria no podría

46

soportarlo. No entiende qué desata la crueldad de un dios ni cómo sucede la vida de una madre en ese después. No, ella no podría, por más que mamá Belén le explicó que el dolor curte el alma, no concibe la manera como la abuela Longina sobrevivió a la muerte de su hija Margarita, a esa muerte tan terrible.

El señor Manrique enjuaga su paladar con el último trago de whisky, deja el vaso en el piso, se levanta y va directo a su mujer. Por unos segundos alisa la tela del vestido para acariciar la cadera, luego le da vuelta por la cintura para colocarla de frente. Con los dedos gruesos desabotona el vestido, abre la tela y estira el encaje del brasier, hace saltar los pechos.

Sí, toda de él. Ella de él.

Porque no hay nada que lo excite tanto como imaginarse delineando con su navaja suiza el contorno de esos labios delgados. Con extremo tacto, con medido pulso, sin presión de más ni de menos, cuando la hora de los esposos los encierre por fin en la noche de su habitación, él detendrá el recorrido en el labio inferior, justo en el centro, y hundirá apenas la punta de la navaja, jugando en silencio a la posibilidad —siempre a la posibilidad— de clavarla un poco más para hacer brotar una pequeña y perfecta gota de sangre. Entre el filo y los labios rosas, él lamería con fruición esa única gota para mezclarla con su saliva como quien firma un contrato de amor.

Por las noches, sin importar la jornada que haya tenido en el rancho, se aplica en complacerla, en reconocer la intensidad de sus quejas y suspiros, y no precisa luz para adivinar el rubor en su rostro ni en su cuello. Colma a cabalidad sus exigencias como quien se aplica a resolver los caminos de un credo tantas veces repasado aunque no del todo comprendido.

En cuanto a asuntos de cama ha accedido siempre en consentir sus mínimos antojos, por el gusto de paladear sus vibraciones profundas, por atestiguar cómo su último grito —el más ahogado, el que la lleva quién sabe a dónde— emerge de sus poros como un bolero enlazado a los sonidos de la noche: al chirriar de los chapulines, al croar de los sapos, al maullido de los gatos, al *plas plas* de los cuerpos; para al final apretarla contra sí y sentirse idiotizado de tanto respirar en su cabello.

Hace una semana, ella le pidió que la llamara con otros nombres y él no pudo ocultar su sorpresa, su repentino enfado:

—Cámbiame el nombre —dijo con los ojos convertidos en dos redondos lagos, con los labios rosas por demás tiernos—. Yo también te cambiaré el tuyo. Finge que tienes muchas amantes, que te confundes. No seas tonto, quita ya esa cara, de verdad que no me enojo, no pasa nada. Cámbiame el nombre. Quiero ser otra, quiero ser tu otra, me aburrí de ser tu esposa. Además, yo seré igual que tú: una mujer con muchos amantes.

Durante varias noches, el señor Manrique intuye un peligro y, por primera vez, se resiste a las peticiones de su mujer. No hace caso a sus muecas de niña consentida ni a sus quejas de señora, ni siquiera cede ante la ridícula amenaza de no volver a dejarse tocar. Pero cuando juegan a amarse como amantes, como si rebanara los nombres de una manzana con su navaja, empieza por llamarla Amanda, luego Sonia, después Catalina.

—Dilo más fuerte —ella gime con una sonrisa que derrama su alegría en la penumbra.

Él dice Carmen, ella contesta Roberto. Él dice Grisel y Claudia, ella grita Emilio y enseguida Sergio. Él susurra Salomé, ella responde Alberto.

—¡Christian!

—¡Mónica!

—¡Carlos!

—¡Raquel!

El problema —o la duda, o el inicio del siguiente juego— llega semanas después de decirse tantos nombres y vaciarse en ellos. Porque cuando ella grita Soledad y lo repite tantas veces sin poder contenerse, él se queda paralizado, con el rostro descompuesto y el corazón punzado de celos, y ya no sabe qué más hacer.

Mar no conoce el mar, no ha sentido el roce de la arena en los pies ni ha disfrutado de un pescado zarandeado servido en un plato. Nunca ha probado el agua de coco —menos con el coco como vaso—, ni se ha embarrado el cuerpo con un bronceador de zanahoria, tampoco ha trepado a la banana ni ha volado en un paracaídas arrastrado por una lancha.

Las hermanas dicen que el mar es salado y huele horrible, y que cuando se enoja sus olas adquieren la potencia de diez mil brujas que tragan todo a su paso: hombres y hoteles, mujeres y barcos. Pero, por encima de ello, el mar prefiere beber el alma de los niños de un sorbo. Los arrastra a lo hondo y, con su bocaza negra, hecha de pura agua mala, convierte las venas en popotes y chupa la sangre.

Conforme las hermanas hablan, Mar se va cubriendo con las cobijas hasta formar una línea horizontal encima de la nariz que enmarca el asombro de sus ojos marrón. Esa noche se sueña nadando entre olas de tremenda altura, tendiendo el brazo a niños que suplican ser rescatados. Con esfuerzo logra afianzar a uno y asciende con él a la superficie, pero cuando falta una brazada para romper el espejo de agua, recuerda que no sabe nadar y despierta.

Tan lejos como está del mar, no sabe bien a bien qué pensar de él.

—De aquí a la playa calcúlale unas diez horas en auto; agrega las paradas en el baño, como unas doce o trece en autobús —dicen las hermanas.

Lo cierto es su peligro, de eso no cabe la menor duda, porque las hermanas dicen que es ahí donde los tiburones devoran a las muchachas en bikini, como en la película *Tiburón*.

—¿Y qué le pasó a los abuelos? —pregunta con disimulo. Las hermanas no sospechan que ella es culpable de su muerte.

—¿Has visto el despertador de papá cuando se le acaba la pila?

—Se queda negro.

—Eso le sucedió al abuelo Severino, se le acabó la pila y se pintó de negro. Murió entre los perales y el manzano, ahí donde la abuela Belén sembró girasoles y en lugar de cruz empotró la bandera de México. ¡Vaya que si estaba loca! Además de sonámbula, eso de cambiar la cruz por una bandera… —ríen las hermanas.

—¿Y la abuela? —indaga con el corazón oprimido. ¿Será posible que no la descubran?

—Cuando muere un viejo muere el otro, o eso es lo que la gente cree, pero ella sobrevivió unos años. Nunca fue una mujer predecible. Casarse hasta los veintidós, ser maestra y sólo tener una hija, era extraño en su tiempo —aseguran—. Tú no recuerdas porque eras muy pequeña.

—¿Cómo murió? —interroga, segura de que la culpa, ahora sí, va a delatarla.

—¿Sabes que el corazón es un músculo?

—Eso lo sé desde tercero de primaria —responde con aire de suficiencia.

—El corazón de la abuela creció tanto que llegó un momento donde ya no le cupo más en el pecho y estalló.

Así como Mar se estremece cuando lee en el periódico que una niña fue raptada cuando iba a la tienda y después la encontraron muerta en el tiro de una mina, así también le sucede al oír los tambores y los guajes el día que se celebra a la Virgen de la Capilla; y evoca los carrizos de los delantales, las plumas de colores, los huaraches, los calcetines rojos.

La música, la danza y los cuetes duran la noche entera, y aunque está a salvo en casa, se cubre las orejas con las manos para no escuchar. Esa noche no puede cerrar los ojos pensando si en verdad tuvo algo que ver con la muerte de los abuelos. No recuerda casi nada, acaso un día soleado en el patio de la escuela. No obstante, sabe que si duerme, cuatro caníbales saldrán del sótano debajo de su cama y con sus dedos, llenos de grasa y callos, rasgarán su piyama para atacar su cuerpo por las orillas. Tocados por un hambre sinfín, comenzarán a chuparle las manos y los pies para arrancarle un trozo de carne. Con sus dientes afilados desgajarán un dedo, luego otro, hasta roer su brazo y, hueso a hueso, desmenuzar su rodilla. De un bocado tragarán sus hombros, de dos dentelladas despegarán sus muslos, masticándolos para alcanzar el tuétano y desaparecerla del mundo, hasta que ya no sea nada y sólo quede una cama tibia arriba de un sótano; lo que ella fue, ni siquiera un cadáver como Belén y Severino.

Y al día siguiente, cuando el sol acalore las copas de los eucaliptos y los techos de las casas, cuando cierren las puertas de la Capilla y la Virgen se resguarde en el altar, cuando las señoras barran la calle, levanten las servilletas sucias y los platos desechables con restos de chile rojo; al día siguiente, cuando su madre abra la recámara para decirle es hora de ir a la escuela, un golpe de aire contaminado, un olor a sangre seca, asaltará su nariz y la llevará a acercarse a la cama —porque algo anda mal, algo sucede, algo aquí huele feo—, pero por más que revuelva las sábanas no podrá encontrarla, sólo hallará la huella de un corazón estrujado y triste encima de la almohada.

El retrato de los abuelos es de medio busto. Está colgado en la pared, arriba de la consola donde, algunas tardes, escucha su disco de *Odisea Burbujas*, aunque las canciones empiezan a fastidiarle: ya no le parecen interesantes las aventuras de una lagartija fotógrafa o de un abejorro periodista, ni la enternece el ratón huérfano que ve en un sapo a su padre. Aún no tiene casetes como sus hermanas, pero eso da igual, ellas primero la dejarían estrenar alguna de sus faldas antes de prestarle la grabadora.

Los colores del retrato son opacos. No es la típica foto familiar que ha visto en casa de alguna amiga: el papá sentado, la mamá al lado, alrededor los hijos. Ataviado con un saco y una corbata color café con motas azules, Severino apoya su cabeza en la de Belén, ligero como un pañuelo que se deja caer en una mesa fuerte y compacta. Apenas la roza, no la molesta. Aunque mira al frente con sus ojos mansos, cualquiera que vea el retrato entiende que su atención está puesta en ella, algo independiente de su voluntad lo jala a su lado. Unos centímetros arriba, con la blusa negra abotonada, Belén tiene el cuello tenso como cuerda de violín, la cabeza recta. Debajo de los gruesos y rectangulares lentes de armazón que cerca de la ceja terminan en pico, su vista es dura, clavada al frente, como si quisiera regañar a alguien.

Algunas tardes, Mar se dirige a la sala y habla con el retrato de los abuelos. ¿O no consultaban los griegos a un oráculo? En el piso, cruza y dobla las piernas en postura de meditación. Sus ojos contienen el poder más puro y limpio de su mente. Fija su mirada en los ojos azules de Belén, luego en los ojos oscuros de Severino. Apenas en un murmullo, interroga:

—¿Conoceré el mar?

De inmediato, aparta la mirada, frunce el ceño, desdobla y vuelve a doblar las piernas, reacomoda la espalda. Intensifica la mirada y enfrenta a Belén. Lleva grabado en la memoria el tono autoritario con que le enseñó a sumar y a leer, el coraje que le tornaba de color plomo los ojos azules cuando equivocaba un número o intercambiaba una letra por otra, o cuando no diferenciaba la pausa de la coma a la del punto. Era un coraje profundo que la encendía.

Pero también recuerda su tono dulce, la manera como se encorvaba y abría los brazos para recibirla al regresar de la escuela, sin importarle que la alegría le hiciera tirar el bastón. No ocultaba su interés por saber qué cosas había aprendido, si ya le habían enseñado a multiplicar o le habían explicado la grandeza de la antigua Mesopotamia. Entonces Mar se acurrucaba entre los pliegues del vestido de la abuela con olor a tortilla caliente porque ya era hora de comer, entre los arrugados brazos que la sujetaban fuerte, como si quisieran decirle mi niña pequeña, pase lo que pase, nadie podrá separarnos.

En ocasiones, Belén la llamaba para regalarle un higo o una mandarina. A través de la fruta, sus manos abultadas por las venas azules, le obsequiaban un tesoro que sólo con ella, la menor de sus nietas, estaba dispuesta a compartir. Cómelo rápido, antes de que se den cuenta tus hermanas y, por supuesto, ella hacía caso.

Unos segundos después, una voz de trueno emerge desde el estómago de Mar y parece que Belén responde:

—Deja de hacerle a la pendeja, Marecita, tú no tuviste nada que ver con nuestra muerte. Ocúpate en algo. Todo a su tiempo.

Cambia de postura. Baja los hombros, hunde la barbilla en el pecho. No recuerda la voz del abuelo Severino, pero no le resulta difícil imaginar su tono apacible, de potro enamorado:

—Por favor, Belén, no le hables así.

De nuevo, Mar frunce el ceño y endereza la espalda. Alterna la mirada entre Belén y Severino, reprocha en voz de Belén:

—¿Cómo quieres que le hable? Si a esta niña no le explicas las cosas con peras y manzanas, es capaz de…

Y lo demás no importa, ya lo aseguró Belén, ella no mató a los abuelos y algún día conocerá el mar.

Pero los años pasan y en sueños, en libros, en los comerciales de la tele y hasta en la envoltura azul de su paleta sabor chicle, encuentra imágenes que le recuerdan que no conoce el mar. Por eso, cuando lee el cartel detenido con chinchetas en el periódico mural de la escuela y que anuncia el concurso "El niño y la mar", no duda en inscribirse, sólo debe hacer un dibujo. Además del diploma que le entregará un joven cadete vestido de blanco, viajará a la playa acompañada de un adulto y es claro que alguna de sus hermanas —o su madre y Soledad— querrá acompañarla a recibir el premio.

"Y la ganadora es: ¡Mar Manrique, la niña que no conoce el mar!"

Sobre una cartulina blanca extendida en la mesa del comedor y con una caja nueva de crayones, pinta la oscuridad de un fondo azul marino que diluye en añil para crear el paso entre lo profundo, lo intermedio y lo celeste, entre las olas y la espuma que se confunde con la claridad del cielo. Desde sus canoas, los pescadores lanzan redes para atrapar a los peces. En una esquina, un sol cachetón y sonriente los mira con sus ojos saltones. Con el trazo negro de dos arcos unidos por el centro, dibuja una familia de gaviotas volando cerca de unas nubes. Avanzan en hilera, desde la grande hasta la más chica.

"Y la ganadora es: ¡Mar Manrique, la niña que no conoce el mar!"

Cuando termina el frente de la cartulina, le da vuelta. Las reglas del concurso no prohíben dibujar atrás ni hablan de un límite de dibujos por participante y, como lo que no está prohibido está permitido, como dice su padre, pinta un fondo negro en el reverso que, de cuando en cuando, se interrumpe por destellos blancos: son los huesos de los niños y de las muchachas en bikini que flotan en lo hondo del mar.

Al verla tan atareada, las hermanas se conmueven y, como saben que le gusta leer, buscan entre los libros de la abuela Belén un poema que transcriben en una hoja de máquina.

—Por si te sirve de algo —dicen.

Mar lee el poema en voz alta como si en lugar de un concurso de dibujo fuera a participar en uno de poesía. Recorta los versos, línea a línea, hasta juntar un montón de papeles alargados y los deja caer encima de la cartulina. Algunos aterrizan en el cielo, otros en las olas, otros se lían entre las redes de los pescadores. *¿Tú conoces el mar?*, puede leerse en el agua oscura, *dicen que es menos grande y menos hondo que el pesar*, vuela un verso con las gaviotas. Las palabras caen en diagonal en las canoas, *yo no sé ni por qué quiero llorar*. Las redes atrapan las letras.

—*Será tal vez por el pesar que escondo* —recita y sella un conjuro de la buena suerte con el último verso que le ayudará a ganar el concurso—. *Tal vez por mi infinita sed de amar* —firma con sus iniciales doble eme.

"Y la ganadora es: ¡Mar Manrique, la niña que no conoce el mar!"

Anhela tanto ganar ese concurso que, por las noches, es el deseo que pide a la luna Selene. ¿Cómo sería conocerlo? Enseguida ahuyenta cualquier idea, no debe detenerse en eso. Aunque eso sí, no sabe cómo ni por qué, se ha convencido de que al bañarse en el mar, de alguna mágica manera, su nombre y el agua harán corto circuito. Porque los polos iguales se repelen, ¿no? Ese contacto será algo así como una explosión de protones, su piel se transformará en un filtro que absorberá la sal y limpiará de una buena vez su mala suerte. Se deshará de lo malo que la habita como quien se deshace de un maleficio que una bruja despistada le regaló. Entonces, su nombre de villana de radionovela perderá sus poderes y ya no causará ningún efecto: su padre dejará la tristeza en un rincón, su madre no tendrá tantos pendientes por resolver con Soledad y la familia completa trepará de nuevo a la camioneta para ir a comer tunas al campo, y puede ser incluso que revivan los abuelos. Y ella será tan sólo una niña con un nombre pequeño, como Ana o como Mía. Tres letras simples, como un vaso de agua.

Sus pupilas se agrandan y adelgazan, como cuando leyó en el libro de Ciencias Naturales que las estrellas son el rastro de una luz muerta hace miles de millones de años, y que nadie conoce una estrella en su estado actual. Una noche estrellada es la proyección de un dios diabólico que mal trazó sus sueños; las estrellas, túneles que tragan hacia dentro, que arrastran a otra dimensión, fulgor que ilumina y no proyecta.

Por eso, nunca contempla el cielo en las noches, se sabe vigilada por estrellas muertas. Grandes, redondos, miles de ojos titilantes. El cielo entero es una manta negra, agujerada, por donde se cuela una claridad maligna, un cementerio de tumbas abiertas. Ni siquiera mira el cielo para buscar a Belén —de cualquier modo, ella le prometió quedarse hasta que su cerebro dejara de pensarla o su corazón dejara de sentirla—, aunque su madre lleva años asegurándole que mujeres como la abuela, de tan fuertes que son, nunca mueren, sólo cambian su domicilio a la estrella más brillante.

Algunas contadas veces Mar ríe a boca abierta, pero aunque se doble de la risa o le broten lágrimas de los ojos, esté triste o contenta, siempre necesita un abrazo. Admira la alegría de los demás, pero no logra entrar por completo en ella —y en eso se parece a su padre—, como si la alegría fuera una blusa de las hermanas que le queda demasiado grande.

Así que desde siempre posee esa cara de luminosa tristeza que la acompañará toda la vida y que hará a la gente confundir su edad: cuando cumpla treinta le dirán que tiene veinte, cuando llegue a los cuarenta le calcularán treinta. Aunque, por ahora, ignora que si de verdad existe un dios es igual de implacable al descrito por las maestras en las clases de catecismo. Clases a las que parece que Belén, desde su estrella, se opone con toda su fuerza para que ella asista. Mueve las nubes, improvisa conjuros y empuja los vientos para que la nieta, contraviniendo las órdenes de los padres, compre un helado y se quede en una banca del jardín, mirando el avanzar de una hilera de hormigas rojas.

Porque Belén sabía que el dios del catecismo ni cumple caprichos ni endereza jorobados, y ella hubiera querido tanto proteger a Mar. Hay días que no deben suceder y Belén hubiera pegado las hojas del almanaque con Resistol blanco para que esas horas nunca transcurrieran. Porque es difícil creer que una casualidad o un impulso independiente de la mano, meses después, llevan a Mar a encender la televisión a las tres cincuenta y cinco de la tarde, cuando el noticiero transmite el resumen de lo relevante de la mañana y la voz apurada de una mujer anuncia a los ganadores del concurso "El niño y la mar": el tercer lugar para…, el segundo para…, el primer lugar para un niño de nombre Juan que vive en Bahía de Kino, Sonora.

Boquiabierta, Mar contempla la pantalla del televisor por varios minutos. El corazón se le oprime, los ojos le pican como si alguien le hubiera echado un puño de sal o como aquella vez, cuando abrió una lata de chiles jalapeños con la punta de un cuchillo y el vinagre le saltó a la cara, y por mucho rato tuvo que tallarse los ojos con el cabello para quitarse el ardor.

Y es que el sol y las gaviotas, el barco y los cadetes, la estúpida sonrisa Colgate del niño que no necesita conocer el mar porque ya vive ahí, ¿cómo no se dan cuenta?, ¿por qué el jurado es tan idiota? Sí, ese Juan, ese niño tarado, vestido con un traje de marinero que le queda grande, además horrible ¿eeeh?, por pura dignidad debería renunciar al premio, porque ella alcanza a distinguir una ridícula mancha de chile en la chaqueta blanca. Sí, vio la mancha y está segura de que olvidaron firmar el mega maldito diploma de letras doradas y eso quiere decir que no todo está decidido ¿eeeh? Ella todavía puede ganar. Porque no es posible. Porque aquello no es posible.

Mar suspira, tiene hipo, y todo aquello termina por arrasarle los ojos.

En una noche por demás oscura arribó el suplicio de Margarita. Esa historia, Belén la recreaba y complicaba a propósito, por el placer de alterar los acontecimientos y dejarse guiar por los excesos. Imaginar era lo único que lograba excitarla, lo único que le rebozaba los poros hasta colmarle de tonos grises los ojos azules. Como orgullosa condenada a muerte, en esos momentos rechazaba el pañuelo para cubrirse los ojos y caminaba erguida directo al paredón.

O al terraplén.

O a la explanada.

Adonde hiciera falta, adonde el cuerpo vibrara o el ensueño la expulsara.

Esa noche, ella todavía era una niña cuando sus padres se amaron como lobos y la luna envolvió por entero al sol. Al igual que ellos, no vio ni escuchó nada. Acaso un ligero humo se coló por debajo de la puerta de su recámara y la hizo estornudar más de lo habitual, dejándole en la nariz un olor dulce y amargo, como de castañas que se tuestan en un brasero. Desde esa noche recreó la desilusión que empujó a su hermana Margarita a regresar a casa porque su amado Sergio nunca apareció. Proyectó la rabia con la que sus padres se revolcaron en la cama, el deseo que les saturó de plomo los ojos y los oídos, impidiéndoles ver, oír. Desde esa noche veía la tela del vestido de su hermana prendida en fuego por el petróleo derramado del quinqué, su piel abrasada, las ganas de acabar con el sufrimiento y tan sólo poder abrir los brazos para girar en círculo con el cuerpo vuelto llama, antorcha viva en la habitación.

Belén comprendió muy pronto que el amor se resumía en un todo o nada, un blanco o negro, un cara o cruz. El amor era el dolor de su madre Longina, jalándose los cabellos, llorando a grito abierto por la casa; semejante al silencio que llegó después, cuando su madre dejó abierta la pajarera porque ya no quería alimentar a los cenzontles que pretendían alegrarle las mañanas; algo parecido a la ausencia que veló el rostro de su padre Leopoldo y le encorvó la espalda.

El amor era una agonía para degustarse lento, un perpetuo estar muriendo. Porque desde el día del entierro de su hermana, Belén sospechó que era testigo de un engaño. Nada en la casa se había movido, todo se mantenía en su lugar, donde lo dejaron antes de partir: los tapetes con figuras de laberintos continuaban en el piso de madera, los manteles blancos y deshilados cubrían las mesas, incluso era posible servirse un vaso de agua fresca del cántaro de barro. Pero esa aparente normalidad no la convenció. Al rondar la recámara de Margarita notaba los cambios, el miedo azuzándole la piel como un calorcillo leve.

Cargada de una presencia de muerte, un aura rodeó la recámara. Sus padres la observaban de reojo, siempre de lejos, nunca de frente, como si en lugar de puerta hubieran instalado un espejo de cuerpo entero y vivieran temerosos de asomarse en él. Por dentro, el dolor envenenaba el ambiente. Quién sabe qué daños, qué catástrofes podían desatarse si algún imprudente era capaz de entrar. Un listón negro, invisible, aislaba la recámara, transformándola en un aparte del resto de las habitaciones. Ese listón dividía a la familia en un antes y un después.

La recámara dejó de existir y con ella, su hermana. El nombre de Margarita no volvió a pronunciarse, tanto fue así que al paso de los años Belén dudó: ¿su imaginación excitada la hizo afirmar la existencia de su hermana?, ¿sería capaz de confabular algo así?

Durante los primeros días, cuando la muerte anudó las lenguas, ocultando cualquier sonido, Belén imitó a sus padres: no ver la recámara. Hasta que un día, al pasar por ahí, alguien la tocó por el hombro. Brincó hacia atrás, asustada, y resbalaron los libros que cargaba en los brazos. Giró la cabeza de un lado a otro, afinó la mirada para escudriñar los recovecos del pasillo, sólo reconoció el silencio del mediodía, la casa vacía.

Para cada miedo existe siempre una explicación, pensó. Los gatos que deambulan por el patio no son el espíritu de ningún demonio, la lechuza en el pirul no es el alma voladora de una bruja. Pero aunque se consideraba lo suficientemente inteligente como para evitar persignarse o prender una veladora, esa noche no pudo dormir. Tampoco las siguientes, cuando comenzó a percibir que una fuerza la jalaba, empujándola a abrir la puerta.

¿Cómo sería entrar?

El primer escenario la hacía verse estirando la mano para abrir la puerta, pero la manija la quemaba y debía correr a la cocina a untarse huevo o cualquier otro remedio para el ardor. En el segundo escenario la puerta perdía consistencia, solidez. En lugar de detenerse en una superficie dura, su mano se sumergía en una cascada, en un espejo líquido. En el tercer escenario, al contacto, la puerta se tornaba ceniza pura.

Por ese tiempo experimentó la primera parálisis de sueño o aquello que en Cielo Cruel se conocía como "se te subió el muerto". Variedad del sonambulismo, pariente de la catalepsia, según el doctor. Dormida, Belén podía verse recostada en la cama, bocarriba, con el cabello suelto extendido en la almohada y el brazo derecho doblado atrás de la cabeza. Reconocía su bata de franela de flores pálidas y las medias largas que la ayudaban a nivelar los espasmos de calor y frío a causa del crecimiento de los huesos o de los cólicos menstruales.

Desde el techo estudiaba con claridad cada una de sus cosas: las pantuflas al pie de la cama, el altero de libros, la pequeña pizarra en el buró, el maletín de cuero donde cargaba los útiles de la escuela. Se observaba dormida, pero le era imposible moverse. Su cuerpo no respondía a las órdenes de su cerebro, la voluntad era insuficiente para hacerlo reaccionar. ¿Cómo vas a hacer para despertar?, su propia alma la interrogaba. Estás sola, atrapada en tus sueños con tu ridícula bata de franela. Si gritas, tus padres no vendrán. No lo hicieron con tu hermana, ¿por qué lo harán contigo?

Aunque sentía un miedo profundo, más próximo a la angustia que a la desolación, intentaba razonar. Estar semiconsciente debía ser una ventaja, había que aprovecharla a favor, era cuestión de concentrarse, de espabilarse un poco para despertar. Trataba entonces de mover la lengua, entreabrir los labios, coordinar el esfuerzo del pecho, del corazón, de la garganta, para expulsar un grito potente que la ayudara a emerger. Era inútil. Enseguida cambiaba de estrategia, focalizaba su energía en los dedos de la mano, reunía ahí el arrojo de su cuerpo, en la necesidad de dirigir los impulsos nerviosos hacia un dedo. Un leve temblor del meñique sería capaz de rasgar aquella cobija de ensueño que la mantenía en el limbo, en un aparte del mundo de los vivos sin entrar del todo en el mundo de los muertos.

Segundos, un instante, para Belén era el ingreso a un estado que la espantaba con la misma intensidad que la atraía. Porque aquella sensación de sentir el muerto empezó a agradarle, a sucederle con regularidad, a distintas horas, en cualquier lugar de la casa donde se quedara dormida. Incluso comenzó a experimentarlo en pleno patio, cuando el sol rebosaba de luces las hojas del laurel, proyectando la escueta sombra donde leía. Sueños más pesados, más confusos. Desprendimientos mayores. Su alma se volvió independiente, pequeño fantasma en bata de franela volando cerca del techo, traspasando la puerta para vagar por el pasillo, apto para diferenciar el color morado de las uvas dentro de las rejas, diestro para aproximarse al pozo y asomarse en él.

Ante la preocupación de ver a su hija tan demacrada y de haberla descubierto dormida con los ojos abiertos y con un libro en el regazo, Longina consultó al médico. Es normal, señora, nunca es fácil perder a un ser querido, menos aún en estas circunstancias. Muchos optan por la evasión. Cada duelo es diferente, tranquilícese. Lo mejor es seguir su cauce natural, no alterarlo. La niña encontrará su propia calma, aprenderá a canalizar sus emociones. Además, no hay que olvidar que los desequilibrios hormonales son frecuentes en esta edad, y así como llegan se van.

Pero en tanto más se alejaba el alma de Belén, más difícil le resultaba hacerla regresar al cuerpo. ¿Cómo conectarla con el día, con la tarde, con la noche, con la vida? No bastaba con llamarla de vuelta. ¡Eh, regresa aquí! Así de sencillo, no, ni al caso. A veces se veía lanzándole una soga para regresarla. Y sí, a veces eso funcionaba.

Desde esa primera juventud que minuto a minuto la alejaba de la niñez, pronosticó su muerte: moriría dormida, con el corazón reventado y el pulmón contraído por el peso de un muerto. Porque en contra del diagnóstico del médico, aquello no mejoró. Por el contrario, encontró la manera para provocarse la parálisis del sueño. Aquella tarde, cuando algo o alguien la empujó a entrar a la recámara, fue más o menos así: un ensueño anhelado. Bajo el laurel, recostada en la banca, dejó el libro abierto en su regazo. Había terminado de releer el cuento de

"Berenice", exhausta de imaginar qué se sentiría ser un loco enamorado de unos dientes que poseían alma, suspiros, recuerdos, calidad moral y hasta un lenguaje propio.

Se incorporó de la banca para encaminarse a su cuarto. No estaba sola, pero era imposible precisar dónde estaban sus padres. Caminó con la cabeza vuelta al piso y la mirada hacia dentro, arrastrando los pies en las baldosas. Pequeña sonámbula abstraída en un universo aparte, rodeó el pozo de manera automática, sin reparar en él. Al pasar frente a la recámara de Margarita escuchó cantar a alguien, *estrellita del lejano cielo*. Un latigazo de luz la sacudió de la cabeza a los pies. Por instinto, se cubrió la boca con las manos para acallar cualquier grito y se mantuvo frente a la puerta de madera ennegrecida durante quién sabe cuánto tiempo, *que miras mi dolor, que sabes mi sufrir*, fascinada con las vetas de la madera, con los herrajes sueltos a punto de caer vencidos, conmovida ante la dulzura y la tristeza de esa voz, *baja y dime si me quiere un poco*.

Margarita cantaba dentro. ¡Viva! Sus padres querrían oírla. Debía avisarles del milagro, del suceso, sí, del prodigio. ¡Su hermana! Corría a contarles, corría ya, pero la voz ordenó no corras, no seas estúpida, ¿a dónde vas?, entra, quiero verte como antes, cuando me leías las historias de tus novelas, cuando defendías que el arsénico se inventó para envenenar a Bovary, cuando afirmabas que las vías del tren se construyeron para aplastar a Karenina. Te faltó agregar que el fuego nació para mí.

Con las manos temblorosas, empujó la tranca de madera, no tuvo problema para entrar. De inmediato, un rastro a petróleo se instaló en su nariz. Pero aunque siguió escuchando el canto de su hermana, adentro no había nadie, sólo ella con una mano en el pecho, tratando de detener el palpitar de su corazón; ella y su respiración agitada a un lado de las paredes blancas, manchadas de hollín, frente a las puertas del ropero arrancadas, como si se las hubiera llevado el viento. Los frascos de aceites y los perfumes volcados aquí y allá, desperdigados, al igual que los aretes y los collares. Una revista *Vogue* incinerada casi por completo, ropa chamuscada.

Con un trozo de almohadón limpió el espejo hollinado para probarse los aretes de pluma y de cristal, para enredarse el cabello varias veces con las peinetas. Se sintió mayor, con la cara adelgazada y el cuerpo largo. Evalúo la ropa de su hermana. Si zurcía un poco aquí y otro poco allá, si reemplazaba la tela en donde hiciera falta, ella podía usarla, cambiar su vestido azul pálido. Separó en un montón la ropa negra. Acercó un collar de perlas a su boca para morderlo. Puedes identificar cuando una perla es auténtica si al morderla no se descascara, dijo alguna vez Margarita. Las perlas eran falsas, todas se deshicieron en su boca como los dientes podridos de un muerto.

Pasó varias horas ahí, examinando las cosas, hasta que hizo a un lado las cobijas quemadas para tirarse bocarriba en el colchón. Como un enjambre de moscos, arribó una multitud de preguntas: ¿cuánta decepción podía soportar un cuerpo antes de morir?, ¿de qué color era el vestido?, ¿cuánto tiempo pensó que Sergio tardaría?, ¿cuál perfume había usado?

Sintió frío. Por debajo del vestido, buscó calentarse las manos con su propia piel. Desató los primeros listones del blúmer, cubrió su sexo con la palma. Al poco tiempo, cerró los ojos e ingresó al ensueño. La sensación de tener el muerto encima le impidió moverse. Pero eso no frenó el emerger de una sensación gratificante a la que —mitad asustada, mitad poseída— se dejó arrastrar. Al fusionarse con ese peso muerto, al no oponer resistencia, ella también comenzó a morir.

Alguien la tocaba sin tocarla, alguien avanzaba dentro. Por sus dedos corría el brío de otros dedos que le indicaban el camino, mostrándole el calibre de su suavidad, orientándola en dónde insistir, dónde retirarse, dónde enfatizar. Esas manos palpaban su interior, revoloteando alrededor hasta descubrirle que el eje del mundo era posible gracias a la existencia de su centro. El correr de la sangre en las venas fluía con demasiada vida.

Esa vez no le importó llamar a su alma de regreso, no le importó si su alma se perdía o si ya no volvía a despertar. No le importó abrir los ojos y vivir con un cuerpo vacío porque su alma en quién sabe qué caminos se había atorado. El muerto se le subió para mostrarle de qué estaba hecha su entraña. Desde entonces, la transformó en una mujer que no necesitaba a un hombre para sentirse completa. Para eso se tenía a ella misma, para eso se bastaba y se sobraba.

A partir de tal encuentro, aprendió a adiestrar los nervios, a controlar las ganas, a educar su imaginación para usarla cuando hiciera falta, como cuando el doméstico ardor de Severino le resultaba insuficiente, apenas un calor, una cosquilla; o cuando estaba sola, afiebraba, dentro de su atuendo negro. En esos momentos, el deseo despertaba cada uno de sus sentidos para transformarla en el cuerpo ardiente de Margarita muriendo por un hombre que nunca llegó. Ojos, oídos, piel y boca, era hija de loba, lobezna, buena estirpe de su madre Longina.

Luego arribaron otras historias con las que también dio vuelo a su imaginación. Historias como la muerte de la maestra Murillo y sus senos mutilados, colgando en dos huizaches junto al nacimiento de pequeñas flores rojas.

La culpa toda es de sus piernas.

Si gracias a las clases de natación las piernas de Mar se vuelven fuertes y sensibles, es para un propósito: conocer el mar. Hasta los dieciocho años, su vida abreva en la historia de sus piernas y en el deseo de arrancarse su nombre de villana: un ir del gateo a la andadera, de los pupitres a las canchas de la escuela, de las calles empedradas al asfalto en la carretera, del pasillo del autobús al hotel y de un lentísimo ascensor a las escaleras para sentir el grato cosquilleo de la arena en los pies.

Por extraño que parezca, la culpa es de sus piernas porque sus decisiones se instalan justo ahí: en el ímpetu de moverse, en las ganas de conocer, de lanzarse a una aventura sin resistirse. Sus piernas la empujan a inventar un viaje de fin de curso de la prepa a Manzanillo o Puerto Vallarta, a mentirle al hambre con un aplastado croissant de jamón y queso amarillo que le provoca náuseas, a soportar el sudor de los pasajeros mezclado con el falso aroma a pino verde que desinfecta el autobús.

Durante el trayecto pasan dos casetas tomadas: en la primera, unos hombres solicitan cooperación para festejar el día del policía; en la segunda, un grupo de ejidatarios reclama el derecho de tránsito. Cerca de Guadalajara mueve la cortinilla para mirar el atardecer. Los autos avanzan entre un río de agua blanca, leche que mana de la llave abierta de una pipa como protesta de los productores lecheros. Afligida, se aparta de la imagen de la leche desperdiciada y observa el oscurecer del cielo. Recuerda que si de algo presume Cielo Cruel, además de su cantera rosa, es de sus atardeceres: los tonos naranjas, rojos, amarillos, a veces de un color tan intenso, provocan la sensación de que el cielo se quema.

El viaje dura mucho más de las trece horas que hace años pronosticaron las hermanas. El paso de los matorrales hacia las palmeras le regala a su piel una fina capa de agua. Un sudor apenas perceptible humedece su ropa, transforma su cabello, siempre electrizado por el clima seco de Cielo Cruel, en una mata de rizos castaños, lo más cercano a los caireles que deseaba de niña.

Son las siete de la mañana cuando desciende del autobús con un vestido verde arrugado y una mochila al hombro. Apenas toca tierra y un golpe de calor impacta en su rostro y pecho, un olor salado se cuela por su nariz, le revuelve la cabeza. Estornuda un par de veces. Elásticas y culpables, sus piernas la hacen caminar sin tropiezos por los desniveles de la banqueta. Aunque quiere conocer el mar cuanto antes, retarda el encuentro. En el fondo tiene miedo, intuye que el placer es un algo poderoso que debe saborearse en pausas.

Sin dominar la sensación de cosquilleo en las piernas, corre hacia el hotel con el corazón latiendo a tope. De reojo, registra los letreros de los negocios: filete de pescado, trajes de baño, bronceadores, todos tienen la cortina cerrada. Adentro de los tenis blancos, los pies la impulsan con vigor y ella se deja arrastrar. Con el rostro hacia el frente, quien la ve padece la impresión de que sus pies despegan de la tierra; no camina, flota. Es una joven de cabello rizado a la que le remolinea la sangre.

En la última esquina sortea un puesto de jugos. Da una vuelta completa dentro de la puerta giratoria de cristal para entrar al hotel y registrarse. Había preparado una explicación por si la interrogaban del por qué viajaba sola, pero nadie le pregunta nada. Oprime el botón del ascensor que se demora en abrir las puertas, en subir hasta el quinto piso. Se acomoda el cabello detrás de las orejas, se truena los dedos. Cuando sale avanza por el pasillo, responde un buenos días mecánico a la camarista que lleva un carro con toallas, papel de baño, jabones y botellas de agua. Habitación quinientos veinte. Introduce y gira la llave, empuja la puerta. Da un par de pasos y lanza la mochila a la cama. Aunque la tentación es mucha, no mira el mar a través de la ventana, anhela un primer contacto auténtico, sin intermediarios. Sale con prisa, antes de que la puerta haya cerrado.

¿Ascensor o escalera? Oprime el botón del ascensor, pero se arrepiente y baja corriendo por las escaleras con una mano deslizándose a lo largo de la baranda. No hace pausa en los descansos. Esquiva a un grupo de basquetbolistas en el lobby. Sortea cuerpos y maletas deportivas. Sin accionarla, se escurre por un costado de la puerta giratoria. En la calle, sincroniza su deseo con el deseo de sus piernas

y corre,

y corre,

y corre.

Llega a la playa y, desde lo hondo de sus entrañas, emerge un chillido de gozo.

Con el rostro enrojecido y los labios entreabiertos, inclina la espalda y apoya las manos en las rodillas. Suelta el aire, se recupera en silencio. Ignora cómo nombrar aquello que ve. Nadie, ningún libro la previno del impacto, del embeleso, de lo difícil de apartar la mirada. Nadie la previno de la sensación de pequeñez ni le avisó de la turbación de observar la altura de una ola. Nadie le advirtió de las alucinaciones: contemplar el mar es como pararse ante una pintura.

Piensa palabras para decir aquello que siente, pero le resultan cortas, chatas, incoloras:

caracol
respira que te ahogas
infinito
velero
no olvides exhalar

hipocampo
llena tus pulmones

miedo
Belleza

No existe manera para nombrar la inmensidad. A punto de aventurarse mar adentro, extravía otro tanto la vista en el horizonte. No alcanza a distinguir dónde termina el agua y dónde comienza el cielo. Hay algo de engaño, tiene la sensación de que las orillas del mar se redondean hasta unirse en algún punto, evoca el espejo de una pintura famosa de Jan van Eyck que alguna vez vio en la *Enciclopedia Británica* de la abuela, cóncavo o convexo según desde donde se mire.

Con la ayuda del pie izquierdo empuja hacia abajo la suela del tenis, repite el movimiento a la inversa. Se estremece cuando hunde los pies en la arena. Toma el vestido por la orilla y lo sube por encima de los muslos. La tela cae hacia atrás como una cortina en hondas que enmarca las piernas. El mar y sus secretos apenas la tocan y ella lo disfruta.

Un poco.

Avanza.

Otro poco.

Enrolla por el frente el vestido en la cintura. Muestra la entrepierna cubierta por el traje de baño. Estira el tiempo y las ganas antes de sumergirse en una caricia que adivina lenta, definitiva. Ésta, su primera vez en el mar, será la mejor caricia de su vida, la caricia absoluta que recordará de vieja, la que tanto esfuerzo le costará volver a encontrar.

Una familia de patos traza en el cielo una letra v, cruza cerca de unas nubes voluminosas que le recuerdan aquel dibujo de la primaria con el que intentó ganar un concurso. Sonríe. A lo lejos, un crucero con letras pintadas en gris plata dice llamarse La Bonita. *Haz pedazos tu espejo*, tararea, como lo haría su padre. Hacia la izquierda, un hombre ata los arneses de un paracaídas a una lancha. Un par de jóvenes trota en zigzag por la orilla de la playa.

Baja la mirada, se acostumbra al carácter voluble del agua, al paso entre la calma y el estruendo. Avanza ante la siguiente ola. Lado a lado palmotea, aunque teme importunar el vaivén, ¿quién es ella para interrumpir una ola? El azul oscuro del fondo le oprime el corazón, y la abuela Belén, cuando no hay estrellas, ¿dónde está? Una primera ola la besa, una segunda, una tercera. Entorna los ojos y en cada ola percibe unas manos livianas, unos dedos que rozan sus rodillas, una piel que la invita a sumergirse, bocas que murmuran ven.

A lo largo del cuello y de los brazos, el viento enmaraña su cabello. Aspira profundo, sus pulmones son un par de globos desinflados que ansía colmar de sal. En cada ola, un cuerpo se mece, se arrastra. Alucina, sí. Se talla los ojos y mira el mar cubierto por cientos de cuerpos que flotan bocarriba; desnudos, uniformes, cobija cálida que arrulla.

Cierra los ojos. Quizá esto sea morir, piensa y arquea la espalda, una forma de amar, un no poder distinguir las fronteras entre la vida y la muerte, una batalla que se gana con una bandera blanca, una pregunta sin respuesta. Abre los ojos. Los cuerpos se han ido, está ella frente al mar.

—De una sola vez, Marecita, de una sola vez —se dice en voz alta.

Quiere abarcarlo todo, tener memoria fotográfica o, mejor aún, piel fotográfica: perpetuar el instante no sólo en su cerebro sino en su carne, en las venas, en las fibras sensibles de su ser. Todo, tal y como lo mira, tal y como lo huele, tal y como lo escucha. Gira la cabeza. La mayoría de las ventanas de los hoteles tienen las cortinas cerradas. Las piernas le dicen que le diga a su cerebro que le diga a su corazón que le diga a sus manos que se deshaga del vestido, que lo desabotone y lo lance lejos, a la orilla de la playa. Obedece a sus piernas mientras se pregunta en qué momento su madre siguió a sus piernas como ella. ¿Fue con su padre? ¿O fue aquella otra ocasión, cuando escondida debajo de la mesa la vio bailando con Soledad? ¿Y Belén? ¿Cuándo fue la primera vez que la abuela se dejó gobernar por sus piernas?

Al poco tiempo, nace de Mar el cuerpo pálido de una muchacha en un traje de baño verde que encontró entre la ropa de su madre. La licra se pliega en ondas alrededor del torso y la cadera. Los tirantes cruzan los hombros para detenerse en un moño en la nuca.

Desciende las manos hacia los senos, los toca por encima de la tela. Regresa a los tirantes y deshace el moño. La tela baja, los senos quedan libres. Oye el eco fugaz de una risa bronca, pero no voltea, no presta atención. Se palpa tan tibia, tan dispuesta a entrar al agua que quizá se confunde. El caer de una ola bien puede aturdirle los sentidos y engañarla. Si es capaz de mirar cuerpos amándose en el agua, es capaz de inventar sonidos.

Echa la cabeza hacia atrás y avanza. Pasa las manos por encima de los pechos como si arrastrara la barra de un jabón. Delinea un infinito acostado por arriba y por abajo que se une en el centro de las costillas. El salpicar de una ola la colma de un correr de escalofríos. Sus piernas culpables accionan un mecanismo que la mueve mar adentro. Tambalea cuando el golpe de una ola penetra su entrepierna. Desea tanto deshacerse del traje de baño.

La risa bronca, inconfundible, la distrae. Cubre los pechos con las manos y gira. Debajo de la única sombrilla abierta, sentado en una silla de madera plegable, hay un hombre de rostro apagado con camisa y pantalón de manta. Tiene la pierna cruzada, los pies descalzos. Alza una copa, brinda. Mar no dice nada, ningún gesto la secunda. Le sostiene la mirada por varios segundos, quizá minutos. Se da vuelta y regala el espectáculo de su espalda, la curva de sus nalgas bajo la licra.

Las piernas culpables avanzan otro tanto y una ola llena de mirada de hombre, seguida por otra ola aromática de hombre, le produce una energía desconocida. Siente que carga en sus senos dos peces enroscados que en espiral, pausados, despliegan sus colas, aletean, despiertan de un pesado sueño o de un oscuro cielo donde moran los peces antes de nacer, como alguna vez le contó la abuela.

Se sumerge entera. Debajo del agua saca el aire en burbujas grandes. Emerge. Retoza. Bracea. Entre ola y ola, abraza sus rodillas y gira sobre sí. Flota en forma de estrella con los brazos y piernas extendidas y el traje de baño alrededor de la cintura. La sensación de peces en los pechos ya no está, ahora su piel se abre como una jaula que entrega al viento los cenzontles de la bisabuela Longina, sus pechos se dilatan como dos ojos azules que se tornan grises y que muestran la excitación de la abuela Belén, con la misma urgencia con la que su madre derrama una Coca-Cola.

Busca al hombre que no ha dejado de mirarla. Escucha el sonido de su corazón, el tam-tam de un tambor embravecido, los versos de una canción de Javier Solís, un corazón enamorado desde siempre, como el de su padre, un corazón silvestre que susurra: Marecita, quieres un hombre que te vea a los ojos cuando sus cuerpos se fusionen, cuando prueben el deseo, cuando intenten el amor.

Un par de minutos después, el hombre de rostro apagado alcanza una toalla a la joven envuelta en gotas de mar. Antes de secarse, ella toma los tirantes de su traje de baño y los amarra alrededor de la nuca.

El hombre pregunta:

—¿Vas a ir a la fiesta?

Con los ojos animados y los labios frescos, ella responde:

—¿A cuál?

El hombre suelta una risa breve:

—A la que vamos a hacer tú y yo.

Mar gira la cabeza para mirarlo de frente. Alza el hombro derecho hasta casi rozar su mandíbula. Sonríe.

El hombre es un argentino que escribe notas sobre deportes para el canal ESPN. Está en México para cubrir la competencia internacional de veleros. Con una botella de Rutini en cada mano, entra a la habitación de Mar y le da un beso en la mejilla derecha, otro en la izquierda. Habla, mirando a las botellas de reojo:

—Las guardaba para ti, para conocerte.

Deja el vino en el tocador. Camina un par de pasos alrededor de la cama. Toca la orilla del edredón evaluando la calidad de la tela entre los dedos. Abre la ventana de dos hojas. Un viento sereno y nocturno ondea las cortinas. El sonido de las olas entra a la habitación, se instala en los oídos de los próximos amantes.

Mar no usa medias, está descalza. Lleva un vestido corto, negro, de algodón. El hombre llega antes de la hora acordada. Ella no terminó de arreglarse, estaba a punto de colocarse las arracadas de plata cuando él tocó. Pero eso es cosa que no le importa. Recibirlo sin aretes y con la toalla enredada en la cabeza adelanta la intimidad.

En cuanto él abre la ventana, le toma el rostro con ambas manos. Mientras la besa, ella permanece atenta al viento que arrasa y levanta el agua en una ola que revienta en otra, al crujir de las palmeras, al chillar de un ave, al lejano motor de una lancha. Ignora aún que aquello es un intercambio: sexo por dos botellas de vino y un me voy a quedar a dormir, ¿estás de acuerdo?, no te preocupes, no ronco.

El beso es profundo, de bienvenida, ayuda a habituarse cuanto antes a los sabores: la lengua del hombre empapada en merlot, la lengua de Mar enrojecida por un caramelo de menta. Le gusta, aquello le gusta, quiere que huela su vestido de muchacha, que pase la lengua por su cuello. Cuando lo haga, su piel le dejará un regusto a crema de oliva. Entrecierra los ojos cuando apretuja su carne por debajo del vestido, cuando sumerge la nariz en su cabello oloroso a noche de desierto, a cielo azul, a clima frío.

Se queja, algo le bombea el corazón, abre los ojos. Ese hombre sabe a sol, a libertad. Semejante a Opción A, el chico sucio a lo Benicio del Toro que la llenaba de cartas y osos de peluche, de serenatas que entonaba siguiendo la voz de José Alfredo Jiménez desde una grabadora, y con quien aprendió a burlar la vigilancia de su madre casi ciega por las cataratas. Tarde a tarde, Mar empujaba la ventana de la puerta para introducir la mano y abrir desde afuera la cerradura. Varias veces se topó a la madre de frente, quien al sentir que algo extraño sucedía, aguzaba el oído y volvía el rostro inquieto hacia las jaulas de los pájaros, acompañado de un débil ¿quién anda ahí? que nunca obtenía respuesta.

Profesa amor por la habitación del hotel, por lo mullido del colchón, por las sábanas blancas, por las almohadas de distintos tamaños que acomodarán arriba, abajo, a un lado, según haga falta una nueva postura, entrelazar las piernas o relajar las caderas. Ambos anhelan el perfume del otro, el pellizcarse, el hurgar. Pretenden el camino de los cuerpos. El silencio final. La belleza que acompañará a ese silencio, el deslumbramiento, cuando es irrelevante conocer un nombre, una historia vivida, cuando subsiste el entendimiento.

Están de pie, abrazados frente a la cama. Ella lo mira a los ojos y alcanza a distinguir su propia silueta en las pupilas oscuras.

—Qué rico hueles —le dice y ladea la cabeza para volver a besarlo.

El hombre responde:

—Qué rico sabes.

Con Opción A hizo el amor tan despacio, tan de a poco, tan de beso en beso, tan de ojos cerrados y primera vez, que cuando por fin se percató de que ni una sola tela separaba su pubis de él, paladeó un sorpresivo orgullo de saberse diferente, de reconocerse otra en adelante. Una que, le gustara o no, debía seguir el sino de su nombre de villana y no se quedaría ahí, con él.

Un zancudo vuela cerca de la ventana abierta. Dos, tres, cuatro zancudos golpean el vidrio con suavidad. Mar se deja caer en la cama. El hombre se inclina, toma el vestido y lo sube hasta las costillas. Tira del elástico de la pantaleta, la desliza a lo largo de las piernas que permanecen en pausa entreabierta, sumidas entre las almohadas. Las pieles se erizan conforme la tela baja. Picores, cosquilleos. Mar se mueve de manera involuntaria cuando la prenda franquea sus pies, no sabe si reír o molestarse. Opta por el silencio, que los cuerpos resuelvan lo que deben resolver, que las cosas sucedan.

Estira los brazos, invita al hombre. Cuando él la penetra, abre los ojos. ¿Será él? Indaga, llena de emoción, pero ve unos párpados cerrados, un rostro vencido, desgastado por el deseo, un salpicar de gotas de sudor en la nariz. Entra y sale de ella concentrado en un punto lejano. Aprieta los labios, hace muecas, de su boca mana un rastro de merlot. Se ha transformado en un rostro que sufre, expía alguna pena, ojos cerrados que no la ven. Se empuja más adentro y maldice quedo. Con un jadeo corto liquida cualquier palabra, cualquier mirada.

Un rato después, con la cabeza girada, duerme entre las piernas de Mar, usa su sexo como almohada. Ella lo deja dormir, no tiene sueño, sabe que su lugar no está ahí. Si no fuera por una crisis de asma que tuvo hace un par de meses, estaría fumando. Se le antoja tanto un cigarro. Entornaría los ojos como quien aspira la cosa más suculenta del mundo, jalaría hondo para embotarse los sentidos de tabaco como lo hace su padre, para extirpar la desilusión cuanto antes. Fumaría mientras acaricia el cabello del hombre, como lo hacía con Opción B.

Desde el primer momento quedó prendida de él, como un pin sonriente en una solapa. Su cuerpo delgado, su rostro anguloso, sus ojos claros, sus párpados caídos a lo Hugh Grant y sus trajes rectos de estudiante de leyes le daban un aire de poeta tardío, que ella adoraba.

Si pudiera fumar, si pudiera, pero no se atreve a ir a la tienda por un cigarro.

A cada movimiento de su mano, a cada caricia, se desprende del argentino, lo abandona. Se rasca dos piquetes de zancudo en el brazo. Tarda más de una hora en quedarse dormida y es la primera en despertar por la mañana. No recuerda haber soñado. Acomoda una almohada bajo la cabeza del hombre, se mueve despacio. Camina en puntillas, toma la mochila. Guarda dentro el perfume y las arracadas de plata que dejó en el lavabo. Sale con la certeza de que es martes y de que su historia con ese hombre terminó, como cuando en una noche fresca de Cielo Cruel llegó a casa en el auto de Hugh Grant y reconoció a Benicio del Toro recargado en la puerta, y en un simple bajar del auto decidió en cosa de un instante los siguientes años de su vida: una historia sin ninguno de los dos.

No está de más aclarar que aquella idea infantil de que el mar borraría el peso de su nombre de villana, no surtió ningún efecto. Con el agua, lo que nació en ella fue otra cosa: un reconocer que el mundo también puede entenderse a partir del cuerpo. Desde entonces, cada uno de sus sentidos (el saborear de un mango, el acercar la nariz a una taza humeante de té) la sitúan en el presente. No cree que la psique o el intelecto sean un asunto separado de la piel. Por el contrario, su piel despierta le regala la sensación de poseer un alma igualmente despierta. Y a ese lugar, donde sólo puede decirse sí, cada mañana la encaminan sus piernas.

Por eso, los protones que alguna vez imaginó para contener el poder del hechizo malvado que la volvía culpable no explotan, y el nombre de villana de radionovela sigue siendo el mismo. Corto, pequeño, tres letras simples,

como Ana,

como Mía,

como Mar.

—¿Quiere probar?

El Chimuelo extiende el brazo a Fernando, le ofrece una bolsa de cañas. Fernando es un joven de veinticuatro años que cada mañana, cuando se peina frente al espejo, silba las canciones de Javier Solís, enamorado desde siempre, sin saber de qué o de quién. Como aún no lo convence probar suerte en "el otro lado", viaja de pueblo en pueblo, cargando un cinematógrafo y varios carretes de película. Los domingos de función llena de asombro o carcajadas a quienes pagan un par de pesos.

Al verlo dudar, el Chimuelo insiste:

—Están redulces, es la mera temporada.

Fernando acepta, así como aceptó que entre el Chimuelo y el Bizco, únicos candidatos para el improvisado puesto de ayudante, era mejor lanzar una moneda: cara para el Chimuelo, cruz para el Bizco. A veces, el azar toma mejores decisiones. Con su pantalón de mezclilla deshilachado, una gorra de los Dodgers y una playera percudida, el Chimuelo clavó las estacas para levantar la carpa, martilleó los tablones de madera para dar forma al escenario, alisó la tela blanca en la pared que serviría como pantalla, retorció los cables y se robó la corriente de un poste para la proyección.

—¡Ya tenemos luz! —gritó sonriente y desdentado.

Entre cuatro manos el trabajo es más rápido, Fernando incluso tuvo tiempo para impartir su primera clase de cine: contó que la película había sido un escándalo en otros países y que en España estaba vetada. Luego explicó

80

qué significaba la palabra vetar y cómo tener listos los rollos de la película, habló de la necesidad de mantener la cinta enrollada en los carretes para poder tensarla —aunque no demasiado— entre los rodillos del proyector. La limpieza de los lentes era igual de imprescindible, así como amplificar y modular el sonido para hacerlo correr simultáneo a las escenas.

Al mediodía se va congregando un nutrido grupo de gente: hombres con botas y sombrero ancho dejan estacionada la camioneta cerca de la plaza, muchachos con gorra igual a la del Chimuelo llegan a pie o en bicicleta, algunos viejos con boina y chaleco tejido a gancho, encorvados y con pasos cortos, entran con las manos dentro de los bolsillos del pantalón.

—¡Bah! —exclama Fernando, atareado en recolectar en un bote el dinero de las entradas.

Una joven empuja la tela que hace las veces de puerta para ingresar a la carpa. Lleva un vestido negro de lunares blancos y una botella de Coca-Cola en la mano enguantada. Sorda a los chiflidos y piropos, camina sin detenerse en nadie ni en nada en particular. Su mirada vaga por las sillas y las bancas. No se asombra ni se inmuta, está acostumbrada a ser el centro de atención. Es algo que ha aprendido a manejar, como cuando sale al balcón de su casa, recarga el codo en el barandal y la mejilla en la mano con la mirada fija en los tinacos de las casas vecinas, consciente de que abajo un grupo de adolescentes se reúne a contemplarla.

Sin saberlo, Fernando se ha transformado en uno de esos adolescentes. Se siente atolondrado, como si hubiera recibido un golpe en la cabeza o se hubiera tomado el termo completo de pasiflora que su madre le prepara para combatir el insomnio. Hay una carga de hipnosis en el ondear de las caderas de la joven cuando sortea las filas de bancos para arribar a las sillas de adelante. Con un guiño y un silbido, indica al Chimuelo que ocupe su lugar y continúe cobrando las entradas. Se encamina hacia ella. Al llegar a la primera fila, la joven gira la cabeza para localizar a alguien que no encuentra. De un brinco, Fernando se oculta tras la cortina que sirve como telón a un costado del escenario.

Ante las rechiflas de impaciencia del público, el Chimuelo apaga el foco que cuelga en medio de la carpa sin que nadie se lo haya pedido. Un sonoro click marca el inicio de la película, el correr de los carretes. Pantalla en blanco y negro. Película en treinta y cinco milímetros. En primer plano, un cielo colmado de nubes. Fernando quiere indagar el nombre de la joven, tomarla de la mano. El correr de la cinta en los rodillos. Me llamo Gloria. Al escuchar su nombre, él resoplaría para reprimir las ganas de tararear *mi gloria eres tú* o algún otro bolero. ¿Cuántos años tienes, bonita?, y tomarla por el codo. Diecisiete, ¿y tú?

Violines, trompetas, flautas. Banda sonora orquestal pronostica un asunto tremendo, un algo grave. INTERNACIONAL CINEMATOGRÁFICA S. A. PRESENTA… *Close up*: rostro moreno de Fernando. Barrido de cámara. *Close up*: rostro pálido de Gloria. Pizarra: toma uno. Título: Así comenzó la historia de los señores Manrique.

Calcula el peso de la mano de Gloria contra la suya. Acaso pesará lo mismo que un gorrión, menos que una pelota de beisbol, piensa. Pantalla blanco y negro. Personajes: su tocayo Fernando Soler, Rosita Quintana, Víctor Manuel Mendoza. Ansía tomar un mechón de ese cabello, introducir la mano dentro de esa mata suelta como cuando la entierra dentro de un costal de maíz. Quiere alcanzar esa nuca con la yema de los dedos o comprarle un raspado de vainilla con leche Nestlé en la esquina de la plaza nomás para hacerla sonreír. Diálogos adicionales: Rodolfo Usigli. Director: Luis Buñuel.

Su cerebro hace un corte de luz alrededor de Gloria, como si hubiera tomado una lámina ilustrada con la que juegan sus hermanas y, a través de la línea punteada, recortara a una muñeca de papel. Intuye un abismo en esa muñeca, zona pantanosa a la que se abalanza. Tormenta. Truenos. Gritos histéricos de la actriz. ¿Se equivoca? Quizá no piensa con claridad, aquello lo confunde. El abismo no está fuera de la joven recién recortada por su cerebro. *Dios mío, tú me creaste como soy.* El abismo está dentro, *como los alacranes.* Es la gracia del cuerpo que la mueve, el cielo que en la película parte la noche en dos, cuando la actriz se arrastra entre el fango bajo un alambre de púas para escapar del siquiátrico.

Afiebrado, se reconoce al borde de un precipicio, como si en lugar de estar agazapado tras la cortina hubiera escalado un cerro y una barranca honda fuera el único retorno. Lo sabe y, sin embargo, la busca con la mirada. Quiere respirarla, hablarle a la boca. Revolotea los ojos a su alrededor como cuando las palomillas buscan un foco para abrigarse.

—*Se me parece usté al campo cuando se enoja* —murmura, mientras mordisquea un último trozo de caña que ya no tiene azúcar. Habla al mismo tiempo que Víctor Manuel Mendoza, imita su tono de voz extasiado. Ha proyectado tantas veces la película que los diálogos los sabe de memoria. Levanta la ceja izquierda al igual que él y dice:

—*Pasa el aire y levanta la siembra.*

Deja de ser el chico del cinematógrafo, el hijo de don Pepe y doña Micaela, el menor de una familia de siete hermanos. Por una suerte de embrujo que mana de la pantalla, se transforma en un actor de treinta años que con su mano grande toma la cintura de la actriz para ayudarla a bajar de una escalera. El escenario es un granero lleno de paja. Entre gallinas, la actriz recolecta blanquillos en su delantal.

—*Ande, le perdono la vida* —dice Fernando, dice el actor.

Imagina que palpa el hombro desnudo de la actriz, el hombro de Gloria. Aspira el aroma de un cabello perfumado. Son cada uno de los ojos del actor los que miran entrar el aire en la nariz tan fina, los que miran las mejillas sonrosadas, los labios entreabiertos. Se pierde en la manera como la actriz alza el rostro y descubre el cuello, ese cuello que un poco más abajo, entre los encajes de la blusa, cambia de nombre. Los pezones de la actriz se marcan a través de la blusa como una promesa. Presiente que detrás del vestido negro de lunares blancos, Gloria oculta un par de pezones dulces, tiernos, como los granos de un elote recién salido de la vaporera.

El actor se restriega contra la actriz, quiebra los blanquillos que lleva en el delantal. La actriz se levanta la falda hasta los muslos. Fernando imagina que entre las piernas de Gloria escurre el líquido de los blanquillos que acaba de aplastar. Hilos de yema y clara resbalan por sus muslos hasta alcanzar los pies. La actriz se reacomoda la blusa: baja el elástico que le llega al cuello hasta la altura de los hombros. Durante toda la película muestra los hombros; de manera ocasional, también las piernas.

Más adelante, la actriz entra a la biblioteca donde Luis López Somosa ordena varios libros. Fernando ahora es un actor de veinte años, de cabello engominado y bigote pequeño, recortado encima de los labios.

—*Los libros se guardan por cariño* —dice.

—*Como a una mujer que se quiere* —responde la actriz, entornando los ojos.

Poco después es un viejo de sesenta años, es Fernando Soler, quien percibe el brío de la carne cuando escucha el llanto de la actriz y acude a consolarla. Ante un primer beso que el viejo no se arriesga a tomar, ella se arroja a su pecho, resbala y queda hincada ante él. Un hervor de sangre picotea las ingles de Fernando. Desea que la actriz permanezca un rato ahí, hincada.

Sintiéndose el ladrón de un tesoro que aún no hurta, da un paso hacia atrás para refugiarse otro tanto en las cortinas. Se frota en contra de la tela como si miles de manos de mujer lo arroparan en su pecho. Inhala para sí un aire oloroso a caña dulce. Cierra los ojos. A punto de soltarse, de aflojar las piernas, si alguien le pregunta qué día es, respondería que es un domingo de mayo de 1953. Si alguien le pregunta qué hace ahí escondido, diría que la película terminó, que el Chimuelo ya enciende la luz, pero que él está ahí para encontrar a Gloria. Abre los ojos para volver a buscarla y ve nacer por primera vez el gesto del cual quedará preso, por el que dirá cásate conmigo, el cielo como techo, mi brazo como cobija.

Desde su asiento, Gloria sacude la melena, gira la cabeza hacia él, alza el hombro desnudo hasta rozar la mandíbula y dobla la muñeca. Sin darse cuenta, derrama la Coca-Cola que lleva en la mano.

Mar cree en el poder de las casualidades que se entrelazan hasta hacer un gran cúmulo, una montaña o una torre, una suerte de historia que desemboca en un encuentro. Es una casualidad, por ejemplo, que cuando ella grita de gozo al ver el mar por primera vez, al mismo tiempo, en Cielo Cruel, una mujer llamada Sofía grita ante una dolorosa contracción debido a las treinta y nueve semanas de embarazo.

Sofía recarga una mano temblorosa en el tronco de un álamo. Trata de ajustar su respiración al conteo que hace su marido en voz alta. El marido finge no estar preocupado, el dolor de parto es normal, ¿no?, así nacen los niños, su hijo no será la excepción. Con un trozo de papel de baño arrugado, seca el sudor de la frente de su esposa.

Uno. Inhala. Dos. Exhala. Tres.

—¡Maldito IMSS! —exclama Sofía ante una nueva contracción.

Con temor a importunarla, el marido le acaricia el cabello, apenas toca el chongo alto y desaliñado, procura calmarla. Ella no se da cuenta de sus afanes, no entiende por qué la enfermera, en vez de hospitalizarla o de inyectarle algún calmante, la mandó a caminar.

Los negocios de comida levantan las cortinas de acero. En una esquina, una señora con delantal vende un vaso de frutas a una mujer de traje sastre. El señor de los duros de cerdo con salsa picante atiende a unos jóvenes de rostro desvelado y ojos irritados bajo los lentes de sol. Con pasos que pretenden ser calmos y con muchas pausas, Sofía y su marido concluyen la segunda vuelta completa alrededor de la Alameda. Al dolor y la desesperación se suma la impotencia de no poder hacer nada más que obedecer a la enfermera.

Cuando Mar descubre que las palabras son insuficientes para describir la inmensidad del mar, Sofía siente que el sonido de los cláxones es intolerable, que de tan brillante el cielo resulta estúpido, que no soporta la indiferencia de la gente que la ve y la pasa de lado sin decir siquiera un buenos días. Ella, y sólo ella, está a punto de traer a un hijo al mundo.

Vamos a ver, piensa, razona, se dice a sí misma, debes ser optimista, ¿cuántas mujeres no pueden embarazarse? Pero tú sí, ¿eh?, bien que pudiste, bien que recibiste el milagrito de tu marido después de once años de la píldora. Ahí vas a hacerle caso a los consejos de las amigas: desintoxícate, no sabes el daño que haces a tu organismo, jamás vas a poder embarazarte. Tú, claro que pudiste, al primer mes de dejar la píldora y en supuestos días no hábiles.

Aunque está rodeada de gente que atraviesa la Alameda para llegar al trabajo, está sola, miserable y sola, ni siquiera su marido se percata de lo que sucede, de la frustración que le enrojece el rostro y la obliga a empuñar las manos, a trasladarse en círculos, enjaulada entre el kiosco y los fresnos. En México nacen tres bebés cada minuto, unos ciento ochenta niños por hora, cerca de cuatro mil trescientos al día, y una mujer gritando de dolor en la Alameda es sólo una mujer gritando de dolor, le está permitido hacer cualquier cosa: tirarse al piso, tomarse una cerveza, maldecir a los peatones. Se comprende, va a parir, otro nacimiento es lo más común del mundo.

—¿Ustedes qué me ven, eh? —reclama a una pareja de enamorados que camina de la mano—. Si no te cuidas —se dirige a la joven mientras se agacha y se toma los muslos—, vas a terminar igual que yo.

—Deja a los chicos en paz. Lo lamento, está muy nerviosa —dice el marido, abrumado. Sin soltarse las manos, los jóvenes aceleran el paso. Los miran con cara de no entender lo que sucede.

—¿Lo lamentas? Si serás idiota… —grita, se duele. El marido reinicia el conteo del uno al diez.

Jadeante, se recarga en el siguiente álamo. El tronco está envuelto por cientos de chicles secos, masticados.

—Espera —previene el marido demasiado tarde.

Y para cuando Mar imagina que en las olas flotan cientos de cuerpos desnudos, Sofía recuerda que hace años ella también pegó un chicle en ese álamo. Revive el rostro de Alejo, su primer amor, sus cejas gruesas, sus ojos grandes. Revive su propio rostro, el de entonces, cuando no tenía canas ni cachetes, cuando era una chica flaca llena de ilusiones. Evoca aquel día en que decidieron irse de pinta y no asistir a la última hora de clase en la secundaria, seguros de que algún amigo les pasaría los apuntes.

Frente a ese álamo donde ahora se recarga, enlazó sus manos a las de Alejo y se juraron amor. Para sellar su compromiso, pegaron un chicle verde en el tronco, a un lado de los otros tantos chicles-promesas amontonados entre sí, como una cobija hecha de retazos y colores. Se miraron como si todo aquello fuera una primera vez, como si el presente no se acabara nunca. O eso fue lo que creyó Sofía, porque unos meses después recibió la carta donde Alejo le contaba que se iba al norte y que regresaría cargado de dólares para casarse, pero jamás volvió a tener noticias.

Sofía busca su chicle. Era verde, sí, pero entre tantos no puede identificar el suyo. Lado a lado de la barriga deja caer los brazos, la invade una fuerte sensación de que ha dejado de ser una mujer y se ha convertido en una vaca. Vieja, fea, hinchada. Es un globo que al menor roce reventará en un alarido de leche.

Palpa los chicles en un vano intento de localizar el suyo. Piensa en las muelas que los masticaron, en la baba seca, petrificada. Una repentina arcada la hace vomitar las nueces garapiñadas que comió en el desayuno. Durante el último mes, sin importarle los regaños de la suegra, su estómago sólo retiene nueces: saladas, de la india, naturales, de castilla, pecanas, tostadas a fuego lento. Con los ojos brillantes se limpia la comisura de la boca, con la manga desgastada de la playera que dice bebé a bordo. Esquiva el vómito que descansa en el pasto fresco, avanza al siguiente álamo. Echa la panza hacia adelante y dobla las rodillas. Recarga la espalda en el tronco, se desliza, cae en el pasto y comienza a llorar.

Convertida en vaca fea, quiere desaparecer, perder el conocimiento, que alguien reviente el maldito globo en que se convirtió su cuerpo. Unos segundos después, un súbito correr de agua escurre entre sus piernas, moja el pants. Con dificultades, el marido la levanta, la empuja, la arrastra, intenta cargarla, la obliga a caminar unos cuantos pasos hacia el hospital.

—Mira, no está tan lejos, ¿ves aquel edificio blanco? Un poco, lo prometo, ahí pediré ayuda.

El marido jura que si nadie quiere ayudarlo, conseguirá una silla de ruedas para el último tramo.

La vieja enfermera, acostumbrada a enviar a las parturientas a caminar a la Alameda para que sosieguen los nervios y dilaten mejor, enciende la computadora y registra el nacimiento número diecinueve del día. Es un martes cuando desciende un nuevo ángel a la tierra, un bebé con sangre de Sagitario, mitad centauro que pisa tierra con las patas, mitad hombre que con las manos tensa un arco y apunta una flecha al cielo.

Cuando Mar se baja los tirantes del traje de baño y se entrega sin reservas a la caricia del agua, tendida en una de las camas del IMSS, en contra del escándalo de la suegra e ignorando la voluntad del marido, Sofía decide que su bebé precioso, embarrado de grasa blancuzca; su pequeño tan hermoso, atestado de mocos, al que nada le sienta bien: el pañal le baila entre las piernecillas, la chambrita que tejió la abuela le queda grande; su bebé tan frágil que no deja de olfatearla como cachorro hambriento; al que se niega a encarcelarle las manos en unas manoplas y a envolverlo entre frazadas como un tamal; su bebé tan níveo que acaba de parir ella sola, se llamará Alejo, como su primer amor de la secundaria.

Y así consta en su certificado de bautismo. Y así puede leerse en su acta de nacimiento. Como encargada de área, firma la enfermera la hoja de registro.

De cabello negro y rizado, de pestañas que contienen la exaltación de un par de ojos que van descubriendo el mundo conforme toca y experimenta con él, la vida de Alejo es una fiesta de olores y sabores que quiere probar cuanto antes, una aglomeración de sonidos que ansía imitar. Esto, aunque mamá Sofía se desgaste la voz explicando los peligros que hay en la casa.

Con las canciones de Cri-Cri, la niñera Patis lo arrulla o trata de mantenerlo quieto, o para calmarle la energía lo invita a gatear a través de un túnel de colores hecho de foami. Con frecuencia, los gritos de Sofía y de Patis se vuelven uno cuando pretenden evitar que las cosas se salgan de control: Alejo se ha vaciado un tarro de gel en el cabello, por poco y se mete un frijol en la nariz, se está comiendo una hilera de asqueles.

—Chamaco del demonio, corazón —en ocasiones, las palabras de Sofía también las dice Patis o, sincronizadas, las dos mujeres las dicen al mismo tiempo sin percatarse de ello.

Cuando recién empieza a caminar, después del chapuzón que empapa su overol y su playera del Demonio de

Tasmania, Alejo concluye que no es bueno rescatar un juguete caído en la tina donde se exprime el trapeador, descubre que de poco sirve el seguro de la cuna porque es fácil armar una escalera de peluches y que los protectores de los enchufes eléctricos se pueden quitar con un abatelenguas de madera. Alrededor de los cuatro años, al percibir el ardor de una quemadura, aprende que para coger una tortilla no es necesario empujar un banco a la estufa y apoyar las manos en el comal.

Desordenado, sólo hay una cosa en el mundo que puede asustarlo: las botargas, desde Tribilín y el pato Donald, pasando por el oso gigante con gorro y bandera roja que anuncia la entrada a un autolavado, hasta la botarga del doctor Simi.

Alejo crece, mientras Mar renta un departamento, estudia una maestría en historia del arte y colecciona no-maridos: un novio espigado con un problema en la laringe que lo obliga a pronunciar las eses a lo Antonio Banderas, un novio empeñado en aprender a bailar salsa a lo Andy García. Alejo crece, mientras mamá Sofía experimenta los primeros dolores de espalda y Patis muele chayote con zanahoria.

—Qué asco, por muy sano que sea, mi niño no comerá esa porquería —dice Sofía cuando Patis sugiere agregar a la papilla las menudencias del pollo. Ante la negativa, la niñera asiente, sabe que las batallas no se ganan con un pleito. Cuando la señora toma la siesta, incorpora las menudencias.

Entre las dos mujeres le dan a probar su primer helado de chocolate, y festejan y aplauden y graban con la videocámara sus chistosísimas muecas. Como el padre siempre está en el trabajo y no puede apoyarlas, con el instructivo en una mano, una indica a la otra cómo cambiar el portabebé por un asiento de auto apropiado para un niño que pesa ya veinte kilos.

—Cómo pasa rápido el tiempo, ¿verdad? Mi niño está irreconocible, se le han estirado los brazos y las piernas, y le ha brotado una barriga del tamaño de un chícharo. Nuestro bebé ya no huele a talco ni a crema Mustela; huele a sudor, a lápices, a libros, a sándwich de jamón con queso, a chiquillo que corretea todo el día. Así de inquieto, qué le vamos a hacer. Mi mamá decía que de chica yo era igual, no le daba descanso —exclama Sofía cuando se tumba en el sofá por un nuevo dolor en la cadera. Esa mañana dejó a Alejo en la entrada de la escuela, su primer día de clase. Lo despidió con un beso, sin ganas de soltarlo. Reprimiendo el llanto, le tomó una foto con la cámara.

—Ya está, date prisa, se hace tarde —dijo, apurándolo con las manos—. ¿Qué te crees, que no tengo cosas que hacer? —y se quedó de pie hasta perderlo de vista tras la puerta, mirando a través de la reja cómo subía con la mochila en la espalda y la lonchera en la mano, brincando los escalones de dos en dos.

Las primeras erecciones de las que Alejo guarda memoria suceden en el parque, cuando la resbaladilla, el sube y baja, la pared para escalar, no son más; cuando los juegos, pintados de rojo y azul, o el pirul donde trepa para combatir con una espada de plástico a las huestes de niños que reclaman su turno, se mudan en otra cosa. Una tarde, al tomar vuelo en el columpio, repara en su corazón suspendido por una fracción de segundo, y esa falta de aliento le provoca un bulto en el short que lo disipa en sensaciones placenteras. Doblando y estirando las piernas con vigor mantiene ese estremecimiento por el mayor rato posible, magnetizado entre los vaivenes, hasta escuchar la voz de Patis y su es hora de volver, mi niño, no me fío de estos columpios oxidados.

Alejo descubre que su casa es una fabulosa caja de sorpresas. Recargarse en la lavadora encendida es la entrada a un universo del que no puede salir. ¿Cómo no lo averiguó antes? Con los brazos en piel de gallina, su pequeño cuerpo sigue despertando como quien avanza por un sendero accidentado que provoca miedo y expectación a la vez. Aguantar el ciclo completo de la lavadora arropado en una serie de cosquillas se convierte en un verdadero desafío. Imagina que ha conquistado el privilegio de estar en lo alto de una torre, pero una vez arriba, en vez de descender con cuidado, lo apremia la necesidad de lanzarse. Aquella sensación concluye con el último retortijón del ciclo de centrifugado que le regala una estela de temblores.

Su vida es semejante a un anuncio que vende el secreto de la felicidad, ese que consiste en un plato de cereal con leche, en mantener el equilibrio en un monopatín o en un transitar de los brazos y el pecho tibio y abombado de su madre a los brazos y el pecho también tibio y más abombado aún de su niñera. No sabe aún de los pensamientos de su madre, quien está convencida de que morirá pronto.

En sus oraciones nocturnas, Sofía ruega a los dioses —a Zeus, a Buda, a Jehová, a quien haga falta— para que la dejen vivir otro poco y ver crecer a su pequeño. Suplica que le quiten los dolores o que, ya de últimas, se los pasen a alguien más. Así fantasea que uno de esos dioses sí la escucha, porque un día los dolores que ya no le permitían levantarse de la cama desaparecen. A la vez, una enfermedad canalla comienza a minar la alegría y la voluntad de Patis. En cosa de meses, mientras a base de dieta y ejercicio Sofía vuelve a los cincuenta y nueve kilos de su peso ideal —lo que no pesaba desde que pegó su chicle en el álamo—, Patis adelgaza veinte kilos. Mientras el cabello de Sofía crece hasta la cadera y su piel recobra un tono aperlado, Patis pierde el cabello y la piel se torna color ceniza.

Aquello termina un día después del cumpleaños cuarenta y dos de Sofía, cuando abatida por el frío extremo de una última fiebre, Patis muere, inaugurando el primer recuerdo doloroso para Alejo y un sufrimiento indescriptible para Sofía: padecer el dolor de su hijo y no tener palabras ni abrazos suficientes para consolarlo. Porque durante el día parece que se encuentra bien, pero es cosa de que llegue la noche. Pegado a la ventana, Alejo llama a su niñera con un llanto que lo hace batirse entre suspiros, buscándola entre la sombra de los eucaliptos donde ella no está.

Esa muerte marca en él una fractura tan inmensa que por más razonamientos, por más libros de consulta, por más llamadas al pediatra para suplicar consejo, su madre experimenta la vacuidad de las palabras. El dolor es una tijera que se entierra y los corta por la mitad. ¿Cómo explicarle a un niño de ocho años que su niñera no volverá?

—No volveremos a verla, mi niño —Alejo escucha las palabras de su madre, no comprende aún que la muerte es una ausencia definitiva—. Esa es la verdad, no volveremos a verla.

Durante el velorio, adentro del ataúd blanco donde viajará hacia el crematorio, Patis está tendida, arropada en un afelpado pants color rosa. Unas pequeñas orejas de oso zurcidas al gorro coronan su frente y ocultan la calvicie. Al verla tan pequeña dentro del pants, más pequeña aún en esa caja blanca, Alejo piensa que su Patis ha vuelto a ser una niña que robó el maquillaje de su madre para pintarse de negro las ojeras. Es una niña jugando a disfrazarse, tiene la misma edad que él.

Pero la vida se impondrá poco después, como un cactus del desierto que nadie mira y que necesita tan poca agua y tan poca tierra para sobrevivir. Y todo será así, casualidad tras casualidad, en lo que Alejo encuentra a Mar o Mar encuentra a Alejo.

Quién encuentra a quién es cosa que no se sabe.

A conciencia y gusto, Longina se encerró en la recámara para esperar a Leopoldo. Frente al tocador de madera, su carne color grafito se iluminaba por la manteca y el coco mezclado en cacerolas de cobre y baños de agua María. Filtro amoroso que le regalaba felicidad y un vientre fecundo, y que escondía en el fondo del ropero, pendiente de proteger a sus hijas de los ardores de la juventud. Sobre todo a Margarita, la hija grande, su ángel moreno, su copia, su reflejo.

Longina escuchó el rasgueo de dos guitarras en el kiosco, dos voces graves entonando algún corrido de la Revolución. Ante el espejo ovalado descansaban cinco velas largas en la repisa de mármol del tocador. Debajo de la bata, su cuerpo umbroso, puesto en pausa, proyectaba la sombra de una loba en celo a lo largo de la pared. Entre los hundimientos y salientes del enjarre, reclamaba la ausencia de su hombre.

Como bailando, a la misma hora, adentro de un vestido recto de gasa color marfil y una cinta dorada en la frente, con los párpados ahumados de gris y los labios rojos, Margarita entró al restaurante. Era la sala de una casa dividida en dos y que, en contra de la costumbre de colgar carteles de ferrocarriles y caballos, los dueños adornaron con fotos de París. En el lado derecho la gente cenaba tacos dorados de papa con carne; en el izquierdo, café de olla con una pieza de pan.

Eligió la mesa del fondo, del lado izquierdo, a un costado de la torre Eiffel, seguida por la mirada curiosa de los hombres y las mujeres sentados en las otras mesas. La cita era a las ocho, pero llegó temprano. Imposible contener la felicidad, las ganas de adelantarse para ver a Sergio franquear la puerta y caminar hacia ella, toreando la malicia de la gente, haciendo oídos sordos a los cuchicheos.

Desde hacía años, Sergio y Margarita eran amantes. Belén lo sabía, aunque nunca nada dijo, nunca nada preguntó. De cualquier modo, boba y enamorada, su hermana no veía alrededor, sólo era cuestión de observar sus mejillas arrobadas y oír los sofocos tras el abanico para intuirla poseída por una espiral de sensaciones.

Tumbada en la cama, con las piernas de señorita húmeda, Belén recreaba el recuerdo y agregaba a las escenas lo que hiciera falta. Margarita, sin voluntad, siguiendo en el aire las manos de Sergio cuando decía mi esposa está enferma, no la quiero, aquello murió, pero no puedo abandonarla, ¿comprendes?, dormimos en habitaciones separadas desde que nació Sergito.

El amor llegó puntual a las diez de la noche. Longina ya estaba recostada en la cama cuando advirtió el eco de las botas de Leopoldo, el chirriar de las espuelas en forma de estrella en contra de los adoquines del patio. Las cigarras restregaban su abdomen en contra de las ramas del pirul. El canto del gallo decía a la gallina ven, arrímate aquí, aparéjate conmigo.

Las amigas intentaron desengañar a Margarita, pero no hizo caso. Los ojos de Sergio no mentían, tampoco sus besos, la manera como la adoraba. Cada palabra era la evidencia de un sentir auténtico. ¡Qué iban a saber las amigas si ni siquiera habían recibido un beso! ¡Qué iban a saber, si su mayor pecado era el robo de una revista con fotos de mujeres delgadas, de cabello corto y vestidos sueltos!

Belén revivía el enojo de Margarita, su ceño arrugado, la mueca de disgusto, su cara de desilusión cuando le pidió que le leyera la revista y ella sólo pudo pronunciar la palabra *Vogue* porque todo estaba escrito en otro idioma. Creía incluso que se inspiró en las mujeres de esa revista para coser el vestido que usó esa tarde, que de ellas imitó el maquillaje. En varias ocasiones, la descubrió dormida, aferrada a la revista, temerosa de que alguien la robara.

Durante años, Margarita fingió ante sus padres no sentir nada y se volvió experta en acumular el paso de las horas hasta escuchar el silbido de Sergio anunciando su llegada. ¡Qué iban a saber las mentadas amigas si sólo ella conocía el ardor de un hombre! ¡Qué iba a sospechar que Belén la vigilaba!

Longina alzó los brazos para sacar las peinetas y las horquillas que sujetaban su chongo. La trenza cayó como si una de las manos de Leopoldo cruzara su espalda y la obligara a arquearse. Para esa hora, el anhelo de abatirse y ondear el cuello era imperante. Masajeaba sus hombros, apretujaba la tela de la bata y rasguñaba su pecho para contenerse. Los escalofríos arreciaban, forzándola a encoger las piernas, a estirarlas, a volverlas a encoger.

Para Margarita fue cuestión de tiempo, de tener paciencia, un acto de fe. No deseaba ningún mal a la esposa de Sergio ni se alegraba de su enfermedad, más bien, creía que aquello era cosa del destino: las cosas que van a suceder nadie puede contenerlas. Aquel día era el primer aniversario de la muerte de su esposa, plazo que Sergio solicitó para comprometerse otra vez en público. Era el día, por fin, para ventilar su amor, para sacarlo y sacudirlo de las sombras como un vestido nuevo que lleva años guardado en el ropero.

Cada vez que alguien entraba al restaurante, el corazón de Margarita daba un vuelco de pura desilusión. La dejaba sin sangre, a la deriva, con la cara pálida y las manos heladas porque el cabello castaño de un hombre, la espalda de un muchacho, los hombros de otro, le parecían los de Sergio, pero ninguno era él.

Cómo le hubiera gustado a Belén haber estado ahí para consolarla, para sosegarle el pulso y apaciguarle la tontera, para decirle por dios, mujer, aún es temprano, no desesperes, algo lo entretuvo en el camino. Cómo le hubiera gustado ser Longina para que Leopoldo palpara sus pequeños pechos y hurgara entre sus muslos de loba cazadora que trepa al monte y riega el deseo entre los jarales. Cómo le hubiera gustado que su padre aspirara su celo, mientras perdía la mirada y planeaba estrategias para agrandar las tierras o recordaba que había olvidado asolear los lingotes de oro, aunque la gente dijera que estaba loco.

Un joven de camisa blanca y cabello engominado acomodó en la mesa una taza de chocolate y una concha de vainilla. Margarita partió la concha en dos, convirtió el pan en una montaña de migajas y azúcar encima de un plato de peltre. El chocolate ya estaba frío. El chirriar de las cigarras colándose a través de las ventanas empezó a molestarle.

Más que preguntar, increpó:

—¿Por qué no tocan música en ese fonógrafo? No funciona, nada funciona. Encargar un perfume o un sombrero es cosa de paciencia de santo, comprar unos metros de seda es esperar la más tediosa de las muertes. Que se escuche "Estrellita", cuando menos.

Exigió a gritos o habló al vacío, para Belén daba igual.

Con olor a zacate fresco y sudor de caballo, Leopoldo arribó a casa un poco antes de las diez de la noche. Lanzó el sombrero de ala ancha a la banca de fierro como otras veces y arrojó la camisa encima de las rejas de uvas. Un viento de noche de verano se coló por sus axilas, endureciéndole las ganas de tanto pensar en su mujer. Con diez o doce pasos largos atravesó el patio, deslizó el cinturón por las presillas.

Al mismo tiempo, con la sensación de recoger el peso de un corazón roto entre las manos, Margarita pagó la cuenta. Esperó durante dos horas, no podía esperar más. Sollozos de impotencia, humillación. Lágrimas escurriendo por sus mejillas pintaron el rostro de líneas negras. La eterna idea, el engaño predecible. ¿Por qué no lo advirtió? Un dolor rancio la oprimió regreso a casa. Muy a su pesar, sus caderas ondearon los acordes de una música: *Estrellita del lejano cielo, que miras mi dolor, que sabes mi sufrir.* Un par de luciérnagas se adhirieron a su vestido y a su cabello.

Leopoldo subió una pierna en el arriate que circulaba el pozo para deshacerse de las espuelas y de las botas. Bajó el cierre para dejar caer el pantalón sin mirar el espejo de agua que yacía en el fondo, sin volver la espalda atrás. No escuchó entrar a Margarita. No se percató de que el temblor del agua en el pozo era semejante al que abatía el cuerpo de su hija: helado, sin esperanza, *baja y dime si me quiere un poco.* No se dio cuenta de que las nubes flotaban como barcos alrededor de las estrellas en lo hondo del agua, ni que su hija se detuvo a contemplarlas *porque yo no puedo sin su amor vivir*, ni que anhelaba tirarse, parar el sufrimiento, cobijarse en las paredes rocosas del pozo, besar la luna a través del agua, arrullarse en la letra de otros versos.

Convertido en lobo blanco reconociendo el olor de la loba negra, Leopoldo dejó caer la tranca de fierro que durante el día encerró a Longina, ondeando un rechinido a lo largo de la puerta. *Tú eres estrella, mi fuga de amor.* Margarita tampoco reparó en la presencia de Leopoldo, acaso le pareció que la sombra de un perro enorme rodeaba las rejas de las uvas para estamparse y perderse en la puerta de la habitación de sus padres. No hizo caso. Con destellos de luciérnaga entre el cabello y el vestido, arrastró los pies hacia el segundo patio para entrar a su recámara.

Con un gruñido feroz, masculino, el lobo orinó en el umbral de la puerta antes de saltar a la cama, de un empujón montó a la loba. Margarita permaneció un rato de pie, desorientada en la oscuridad. Una bruma negra le enturbió la vista y el olfato, también el pensamiento. No reconoció el sitio habitual, el lugar donde se localizaba cada cosa. ¿Dónde estaba la cama? ¿Dónde el tocador? ¿El ropero? Porque había una cama, un tocador y un ropero, ¿cierto?

A pesar de sus jadeos y de sus quejas, la loba no se movió: dos hileras de colmillos afilados la sujetaban por el cuello, paralizándola. Unos metros más adelante, Margarita estiró los brazos, tanteando el aire con las manos, avanzó. No identificó ningún olor, tenía los ojos inflamados y la nariz roja, necesitaba un pañuelo para sonarse.

Las luciérnagas murieron enseguida. Les faltó aire, no alumbraron más. Un fuerte olor a petróleo las arrasó.

Pegados, palmo a palmo, pelaje blanco contra pelaje negro, con tantas ganas de correr que les tiritaban las patas y les arqueaban los lomos, Leopoldo y Longina se convulsionaron en una cama que les quedaba chica. Margarita cambió la dirección para virar a la izquierda. Un par de indecisos pasos y tropezó contra el filo del ropero, un tajo seco le abrió la frente. Un líquido glacial y espeso, muy distinto a la tibieza de su sangre que también escurría, le empapó el cuello y el pecho, la parte delantera del vestido. A la vez, un frasco de vidrio se estrelló contra el piso.

Con los vellos en punta de lanza, la loba astuta mordió una pata del lobo, quería que la soltara para probar otras posturas, pero él no podía despegarse. Con la piel empapada, erizada por un sorpresivo frío, Margarita rodeó el mueble, siguió avanzando. Palpó con las manos lo que parecía ser el buró, la tapa y las hojas de la *Vogue*, la forma angulosa del quinqué, su contorno de metal. Giró la perilla. El quinqué encendió y una luz amarilla, intensa, bengala en la oscuridad, iluminó rápido la habitación. El quinqué explotó.

Lo primero que prendió fue el cabello.

Luego, las pestañas.

Luego, las cejas.

Vuelta. Sudor. Entrelazados. Vuelta. Los lobos construyeron el amor. Mordiéndose, lo destruyeron. Haciéndose rabiar atascaron el deseo cada vez más hondo, ansiosos de alcanzar el retazo de carne que cada uno reclamaba suyo sin encontrar desahogo, hechos uno sin remedio.

En menos de dos segundos, el fuego fundió la gasa del vestido con la piel, como un trozo de piloncillo dentro de una cacerola humeante. Entre las llamas que calcinaban la epidermis, Belén creía que Margarita halló consuelo, no sufría. Con el rostro hacia el techo su hermana giró de puntillas y, buscando a un dios indolente, estiró los brazos para dejarse arder en el recuerdo de Sergio.

Cinco minutos después gritó la loba negra. Largo y sostenido aulló Margarita. Gruñó también el lobo blanco. Y cada vez que lo imaginaba, un placer legendario reventaba la boca de Belén, mientras la muerte acogía el amor más puro dedicado a un hombre que jamás llegó.

Cuando los padres de Alejo se separan, Sofía comienza a trabajar de cajera en un banco. Cada tanto, por las tardes, la casa se llena de la plática y la risa de las compañeras de trabajo de su madre. Entre besos alborozados, después de pasar ocho horas frente a una computadora o contando dinero tras una ventanilla, nueve mujeres uniformadas entran a la sala con sus zapatillas negras de tacón, falda roja, blusa blanca y pañoleta al cuello.

Alejo tiene doce años y, en cuanto escucha el timbre, se apresura por llegar a la sala y se instala en el piso con su libreta de matemáticas. Finge que resuelve una serie de fracciones decimales mientras aguarda con ansias el espectáculo de nueve pares de piernas. Una a una las mujeres se arrellanan en los sillones, como quien deja caer una promesa tras otra.

Piernas cruzadas, delgadas o gruesas, quietas o intranquilas, se muestran a través de unas pantimedias semitransparentes con los pies resguardados dentro de las zapatillas. Desde su posición de centinela, mira la curva de dieciocho pantorrillas y dieciocho tobillos. A veces tiene la suerte de que un pie, cerca de donde se encuentra, deja escapar un zapato y, con disimulo, se acerca a aspirar su perfume, descubre que el olor de una mujer es una mezcla de cremas y fragancias maceradas durante el día.

Independiente a la voluntad de sus dueñas, las piernas adquieren vida propia, susurran secretos, hablan un idioma que busca descifrar. Cicatrices, lunares, faldas a mitad del muslo. Atestigua la existencia de otra vida que corre paralela a la plática de las mujeres, una vida ligera, sin fracciones decimales por resolver, una vida sin complicaciones, donde él es el principal agasajado y su madre misma pierde calidad de madre para convertirse en un par de piernas anónimas.

Aquello es una fiesta privada que paladea con los ojos, atento a los descuidados movimientos que a veces le regalan el recorte de una entrepierna que le dispara fantasías y emociones. Se imagina de visita en un museo donde la entrepierna es un cuadro, una pintura color carne que no puede tocar, un largo túnel hecho de rodillas y muslos, una ofrenda que avizora lejos, detrás de la costura de nylon reforzado.

Cubierto de una suerte de embeleso que le mantiene los ojos estresados, bien abiertos, como si alguien le hubiera colocado un par de palillos de dientes para evitar la caída de los párpados, siente unas ganas tremendas de persignarse. Si no lo hace es por pudor o por miedo al ridículo, o porque teme interrumpir la plática de las mujeres. Esas tardes, en exclusiva, otorgan a la sala una categoría distinta. La sala deja de ser un espacio común, un paso para acceder al cuarto o a la cocina, se vuelve un sitio donde es preciso quedarse, una suerte de templo donde es sencillo creer en los padrenuestros y los avemaría que Patis lo hacía rezar a escondidas de su madre.

Si el paraíso en verdad existe, piensa mientras borra las fracciones en su cuaderno —los resultados no cuadran, debe volver a empezar—, ese que niega mamá Sofía con la palabra patrañas y que Patis se encargaba de explicar con libros donde un hombre y una mujer andaban desnudos en un jardín; si el paraíso en verdad existe, concluye, debe ser algo parecido a una sala llena de mujeres.

En una ocasión, una de las compañeras de su madre llega acompañada de N, su hija de catorce años. De inmediato, Alejo abandona su posición de centinela en la sala, comprende que la presencia de esa chica ha venido a modificarlo todo. Un día la invita a su cuarto para mostrarle su colección de videojuegos y, para tranquilidad de ambas madres, dejan la puerta abierta.

A él le agrada escuchar a N hablar de sus cosas, de cómo le encantaría conocer otros países. Desde niña tiene una alcancía en forma de bellota que algún día le dará la sorpresa de transformarse en un boleto de avión. Con su falda corta y sus piernas largas, N deambula de aquí para allá con la caja de *Twilight Princess* en las manos, o se recuesta en el sillón frente a la cama con uno de los libros de *Harry Potter*.

—¿Tu papá también salió a comprar cigarros? —bromea ella, pero él no responde, más por incomodidad que por falta de palabras. Las bromas en relación a su padre siempre le han caído pesadas.

Alejo recibe su primer beso de verdad —en los labios y por un largo rato— gracias a N. Tal y como deben ser los besos, pensará más tarde tirado en la cama, abstraído. No como los besos cortos y a las carreras que había recibido hasta entonces en su paso por la primaria. Entre el succionar de un par de labios y sin saberlo, N reemplaza al niño en un joven deslumbrado. Probar por primera vez el sabor de una chica, le potencia una suerte de calor. No sólo su boca y paladar, incluso su garganta, se convierten en una sartén puesta a fuego lento.

—Aprender a manejar es igual de básico que saber andar en bicicleta —dice mamá Sofía en cuanto se instala en el asiento de copiloto del Dart. Se ajusta las gafas de sol, tiene el rostro excitado.

Alejo piensa que sólo le hace falta una pañoleta en el cabello para parecer una de esas actrices de los años sesenta, Sophia Loren o Catherine Deneuve.

—¿Te conté que durante mucho tiempo soñé que me perseguían? Despertaba fatigada, como si de verdad hubiera corrido —Sofía baja la ventanilla, recarga el codo—. Empujaba puertas, entraba en supermercados. Me escondía entre los *rackets* de la ropa. Corría y corría. Así de loca tu madre. Quién sabe por qué nunca vi la cara de mis perseguidores.

Alejo introduce la llave en el *switch*. La gira, acelera, saca despacio el clutch. Después de semanas de práctica, enciende el motor al primer intento.

—En uno de esos sueños, por querer huir más rápido —sigue Sofía después de festejar su avance con un par de aplausos— descubrí que sabía manejar. Luego fue cosa de trasladar mis sueños a la vida real. Cuando por primera vez encendí un auto no tuve ningún problema, yo ya sabía manejar —afirma con una mano en el pecho para asegurar la veracidad de sus palabras.

Alejo ignora qué tanto de lo que dice es mentira o verdad, se deja contagiar por el ambiente de fiesta que imprime su madre y que continúa cuando dice que es tiempo de abandonar la práctica en campo abierto para entrar a las calles de Cielo Cruel y, más adelante, cuando vende el Dart y solicita un préstamo para un Jetta.

Sofía sigue platicando mientras alternan calles y avenidas; después, carreteras. Hace tiempo ya que Alejo corrió el asiento del auto hacia atrás para acomodar las piernas porque no cabía. Ahora es un joven de veinticuatro años oloroso a tazas de café que viste una playera de algodón, blanca o negra, sin dibujos, un pantalón de mezclilla y unos tenis. En una ocasión, la buena suerte lo hizo obtener un Xbox en una rifa con un boleto regalado terminado en nueve, por lo que es su número favorito: su contraseña de Instagram, el candado con el que guarda sus cosas en el gimnasio, la caja donde se forma para pagar los víveres en el supermercado.

Por lo regular, desayuna huevos revueltos bañados en salsa de molcajete. Lleva a mamá Sofía al banco y, de ahí, se dedica a repartir solicitudes de trabajo tanto en despachos de abogados, en juzgados y en escuelas, como en Oxxos y paleterías. Cuando no asiste al gimnasio, nada en la alberca olímpica, lo que le ha ensanchado la espalda y alargado los brazos. Lo han invitado a unirse al equipo de natación, pero ha retardado cualquier respuesta, preferiría trabajar, hasta ahora ha conseguido una beca como asistente de un abogado litigante, aun y cuando obtuvo el título de licenciado en leyes por promedio.

Cuando se aburre de Kali Uchis o de los videos de Marina Abramović, repasa páginas en su celular buscando vuelos baratos a Italia o a Brasil. Se imagina analizando la *Creación de Eva* en la Capilla Sixtina o cayendo de un paracaídas en la selva amazónica, como cuando hacía descender su Max Steel en los helechos de su madre. Se pregunta también si a estas alturas, N ha roto ya su alcancía en forma de bellota. Hace años que las amigas de su madre no se reúnen en la sala de su casa, hace años que guardó el beso de N como un trofeo de adolescente.

Un día recibe un mensaje en su bandeja de correo: el Instituto de Arte Artemisia lo ha aceptado como modelo en vivo para su curso exprés de dibujo anatómico. Entre tantas solicitudes entregadas, ésa en especial la había olvidado. Encontró el instituto por error, cuando buscaba inscribirse a un módulo de historia del arte en la universidad. Además de su carrera como abogado, el arte le interesa en todas sus formas, en especial los *performances*, las instalaciones; incluso, hubo un tiempo en que deseó ser actor, pero no pasó más allá de algunas cuantas obras de teatro escolar o de algunas pastorelas a las que mamá Sofía lo llevaba más por compromiso que por convicción religiosa, y a las que Patis asistía entusiasmada.

Aun así, cuando pulsó el botón de enviar en su correo electrónico, no creyó que lo llamarían. Había registrado sus datos con una mezcla de sentimientos, abrumado o resignado ante la falta de alternativas por no encontrar empleo, aunque otro tanto se lo tomó a broma. De peso estaba dentro del rango requerido, no sobrepasaba más allá de los ochenta y tantos kilos, pero le faltaban dos centímetros para el uno ochenta y cinco registrado como altura imprescindible.

No, no tenían por qué llamarlo. Pero así fue.

Ubica el gps en su celular y maneja rumbo a una de las colonias ricas de Cielo Cruel. A su llegada, deja su credencial en la torre de vigilancia y cuelga un gafete de visitante en el espejo retrovisor. El Instituto de Arte es una casa amplia, de dos pisos. Alcanzar el timbre implica caminar por un sendero de truenos en forma de cerca.

En cuanto entra, lo reciben las miradas expectantes de tres señoras de más de cuarenta años que lo aguardan con lápiz en mano y libreta de dibujo. Miradas risueñas lo invitan a pasar. Miradas coquetas se posan en él, desvistiéndolo de antemano, calculando el largo de su brazo o el ancho de su pierna, cuántos centímetros les llevará dibujar la espalda, cuántos centímetros para el tamaño del pie.

Hace tiempo que lo sabe, le gustan las mujeres mayores. Siempre le han parecido más interesantes que sus compañeras de escuela o las chicas de su edad. No se andan con rodeos, son más centradas, seguras de lo que quieren. Verse envuelto en esta situación no le disgusta. Se mueve en una zona nueva que, sin embargo, le da confianza. Le agradan las manos de una, las caderas de otra, el cabello corto y enrulado de una tercera. Es el momento propicio para actuar, es un modelo con experiencia. En cuanto se quite la ropa entrará a una zona de blindaje donde su cuerpo se revestirá:

mirado, mas no tocado;

admirado, mas no tocado;

deseado, mas no tocado.

Quiere empezar cuanto antes, una adorable excitación lo cosquillea. Recuerda cuando niño se recargaba en la lavadora para provocar esa sensación, cuando no quería bajar de los columpios por más gritos y amonestaciones de Patis.

Una de las señoras se aparta del grupo y se presenta como la maestra. Aclara que todas son principiantes, no han trabajado antes con un modelo en vivo. Le extiende una toalla blanca y señala el baño con el índice, ahí puede dejar sus cosas. Él toma la toalla y asiente con naturalidad. Aparenta estar acostumbrado, aquello no es más que otra mañana de trabajo, debe comportarse como el profesional que es. Se da el tiempo de sonreír a cada una como diciendo voy y vengo.

Al interior del pequeño baño, se desviste con calma. Por indicaciones de la maestra debe ducharse, y lo hace despacio, a profundidad, consciente de que las señoras lo esperan en la sala comiendo pastitas veganas o bebiendo algún té exótico, tal vez jazmín o té de dragón. Cuando sale de la regadera huele a jabón de oliva, a miel. Está a punto de secarse, pero no lo hace. Sale desnudo, salpicado en gotas y con el cabello rizado.

El efecto es justo el esperado: las señoras ahogan risas, suspiros, palabras, alguna se toca el cabello, otra sube y baja la mirada. Toman asiento en un sillón, recargan el cuaderno en las piernas y empiezan a dibujar. El cuerpo de Alejo es la llamada de atención que necesitan para enfilar los lápices e iniciar los trazos. Él está de pie, frente a una pared blanca, iluminada por un ventanal desde donde puede ver los truenos en forma de cerca que unos minutos antes recorrió para arribar ahí.

Un lunes, una señora; otro lunes, otra.

Después de posar durante una hora, después de que
su cuerpo
—pies,
muslos,
vientre,
torso,
brazos,
cuello,
rostro—
nace en la hoja de un cuaderno, se turna al deseo en
el cuarto de visitas. Bocarriba, se abandona a las sensaciones. Con su lengua gruesa parecida a una brocha, una
señora lo lame y su piel despierta.

Una vez concluido su trabajo, Alejo entiende que el
placer y el amor son dos cosas distintas, y en cuanto a asuntos de amor, advierte una trampa de la que prefiere reser-
varse. Con dinero suficiente en el bolsillo como para vivir
una temporada sin depender de su madre, se inscribe por
fin al módulo de historia de arte que buscaba cuando encontró el Instituto Artemisia.

Y será justo ahí, en una de esas clases —un día nueve
del mes nueve—, donde conocerá a Mar.

Tonos color ocre se filtran por la ventana y cubren la
habitación. Después de desperdiciar la mañana en el
campus de la universidad, entre una oficina y otra, reco-
lectando sellos y firmas para tener listo el título de maestría, Mar no tiene ganas de volver a su departamento y
se dirige a casa de sus padres.

Al pasar por la cocina escucha la risa de su madre y
Soledad, pero no las saluda, la apremia la sensación de
que ha ido a buscar algo, aunque no sabe bien qué. Es
viernes y, como una piedra que conforma los cimientos
de su casa, Soledad nunca ha faltado a su cita en la cocina. A pesar del tiempo, hay cosas que no cambian,

110

piensa Mar, como los refranes de mi padre o los dichos que no comprendía de niña. Le hicieron de chivo los tamales, decía Soledad cuando se amaba con su madre encima de la mesa. En esa misma mesa donde Mar y sus hermanas comerían después sin sospechar nada de lo que ahí ocurría.

No obstante, en la historia de sus padres no hay engaño. ¿Cómo hizo su madre para borrar la tristeza de su padre y en qué la había convertido? Porque aquello que se respiraba en su casa los fines de semana no era una llana alegría. Era algo de un orden más complejo. Nunca amenazó su padre con marcharse. No se lanzaron la vajilla ni hubo puertas azotadas. No hubo escándalos, rencores, ni cuentas por saldar. Y no sólo Mar, también sus hermanas y las hijas de Soledad, se acostumbraron a esa relación sin saber cómo ni cuándo había empezado, porque era algo que siempre había estado ahí.

Tal vez por eso le gusta creer que el amor de sus padres es semejante a un vaso lleno de Coca-Cola. Trago a trago, a veces bebe Soledad, a veces su madre, a veces su padre.

Con los brazos y piernas abiertas a la manera de mujer de Vitruvio, mira el techo desde la cama, se ha encerrado en su antigua habitación. Aunque está acalorada, no se quita el saco. No le importa ensuciar la colcha con los botines. Tiene la impresión de que las mujeres de su familia están a su lado, vienen a enseñarle algo. Lo que sabe de la bisabuela Longina fue gracias a Belén: la muerte de Margarita y cómo aquello vino a destruirla. Las historias de Belén se las había contado su madre: una niña que se convirtió en maestra cuando esa profesión era igual de peligrosa que ser periodista o corresponsal de guerra.

Recuerda aquella vez, cuando fueron de compras al mercado. Bajo el sol de mediodía, una señora de trenzas se detuvo frente a la abuela y la saludó con un beso en la mano. Luego desapareció, como pidiendo disculpas por haberla interrumpido.

¿Por qué te besa en la mano? ¿Eres su madrina?, preguntó justo cuando la abuela se limpiaba la mano en la falda. Pero su pensamiento completo era ¿por qué te besa la mano como al cura?, aunque no se atrevió a terminar la frase. A pesar de que era una niña, intuyó que hubiera sido una imprudencia y nunca le gustó hacerla enojar. Cuando eso pasaba ni siquiera ella, en su calidad de nieta consentida, sabía cómo apaciguarla. Presentía que por eso la gente la respetaba con la misma intensidad que la temía.

Las mujeres de mi familia, piensa, las mujeres de mi familia. Aunque el oráculo retrato cuelga ahora en la sala de su departamento, ya no formula preguntas ni imagina las voces de los abuelos. Quizá en eso consiste ser adulto, concluye, cuando las personas y las cosas guardan un silencio terrible.

La tarde cae, refresca. Los tonos ocres se intensifican para empezar a diluirse. Observa los monos de peluche que tanto la hicieron feliz. Le parecen extravagantes, ¿por qué no los ha regalado? Sus padres se empeñaron en conservar las habitaciones de sus hijas tal y como las dejaron al marcharse. Todas sus hermanas decidieron casarse y tener hijos, Mar es la excepción. Nunca se planteó la maternidad como una forma de vida, pero quiere a sus sobrinos. Con Diego, Óscar, Montse y Sofy vuelve a ser niña cuando van al cine a ver la última película de Marvel, y disfruta de las palomitas, los refrescos y los chocolates al igual que ellos.

Vaga la mirada hasta posarse en el tocador de la bisabuela Longina; mueble que, por decisión de su madre, pasó a su habitación. Sus piernas la incorporan de la cama, le piden a sus manos que hurguen entre los cajones, debe descubrir una carta de amor del bisabuelo Leopoldo, una foto de la tía abuela Margarita, algo que termine de contarle su propia historia, ésa que viene extendiéndose desde hace años y que la arroja a esta habitación.

Abre los cajones, están vacíos. ¿Desde cuándo el tocador está en su habitación? No lo recuerda. ¿Por qué no se le ocurrió revisarlo antes? Uno a uno palpa los cajones con el deseo de obtener respuestas, un por qué, un hacia dónde. ¿Cuántas historias hay aquí, escondidas, y yo incapaz de leerlas?, se amonesta. Una tablilla de madera está suelta, hay un doble fondo. Nerviosa, la extrae sin dificultad. Dentro, no hay nada.

Los brazos y las piernas se le aflojan. Desilusionada, mira alrededor. La esquina de la alfombra está levantada, muestra el sótano debajo de la cama. Para calmarle las pesadillas —esos sueños donde Gorgonas y caníbales llegaban a devorarla—, su madre instaló la alfombra para ocultar la entrada hecha a base de seis tablones de madera. Durante años, aquella estrategia funcionó: la alfombra fue una especie de manto protector que conservó a Mar arriba, en la zona de la vida, sin atreverse a descender nunca al terreno de lo muerto.

Aunque su pavor al sótano no ha desaparecido, sus piernas la llevan hacia allá. Debe haber algo más en esta habitación, piensa, algo que no pude advertir cuando estuve aquí. No tiene problema en extraer el primer tablón. Está suelto, a desnivel. Ha percibido su inestabilidad cada vez que lo ha pisado para subir a la cama, aunque se acostumbró tanto al crujir de la madera bajo su peso que lo había olvidado. Lo difícil es controlar el miedo, la ansiedad que le cosquillea los muslos y las pantorrillas, la premura con la que empuja la cama y la alfombra cuajada en polvo para levantar los siguientes dos tablones.

Pasa aire, bebe cualquier recelo. Da un par de zapatazos con decisión, oye un sonido hueco. Brinca, debilita los tablones enterrados. Su táctica es buena, brinca otra vez. La tierra comienza a desmoronarse, se filtra hacia las entrañas del sótano. Brinca una vez más y suelta las orillas. Corre por una escoba al patio y regresa, hace palanca con el palo. Después de un par de intentos, donde coordina su fuerza con la respiración, eleva los tablones.

Un escalofrío la recorre. Por debajo, una telaraña fina y blanca le recuerda el pelo de ángel con el que su madre adornaba el árbol de Navidad, pero este pelo de ángel está repleto de arañas que emergen de la boca del sótano. Grita. Se lleva una mano a la garganta y otra al corazón, se obliga a controlarse, no quiere alarmar a su madre y a Soledad. Hay viajes que debe realizar sola, como cuando fue a conocer el mar.

Antes de descender se limpia el sudor de la frente con el dorso de la mano. Inhala hondo, se prepara. El sótano es demasiado oscuro. Se da cuenta de que está a punto de zambullirse en los abismos de un segundo mar y eso le inyecta una dosis de valentía. Pero en este mar no hay olas ni piel salada, sólo un montón de historias.

Baja con cuidado cinco escalones. Extiende los brazos hacia adelante y desciende hacia su propia noche. Gorgonas o caníbales, ¿con qué se topará primero? Sabe que su temor es absurdo, pero no puede evitarlo. Recuerda el libro ilustrado de mitología griega que tanto le gustaba leer de niña y se siente un poco Orfeo ingresando al inframundo para rescatar a Eurídice. Pero a diferencia de él, ella no sabe cómo conmover a los dioses, no toca ninguna flauta y está en falta de sortilegios y hechizos.

Tal vez nada de eso le hace falta. Trata de animarse, se obliga a tragar más aire, dibuja una sonrisa tímida en su rostro. Cuenta con varias aliadas: la fortaleza de sus piernas, su decisión, sus ganas de avanzar. Ha venido aquí por su historia, por las voces pasadas, por las mujeres de su familia. Debe dejarse ir, aventurarse en el sótano como si se lanzara al agua, flotar incluso en contra de su voluntad. Toda ella está cubierta de telaraña-pelo de ángel, como si fuera preciso llevar un vestido blanco o convertirse en árbol de Navidad.

Son pocos peldaños, reconoce con cierto alivio. Pasa las manos por los muslos para limpiarse el sudor en el pantalón. El sótano no es tan grande ni tan profundo como lo creía, no hay Gorgonas que la asalten con su rostro horrible ni caníbales que la asechen en la oscuridad. Apenas caben dos personas dentro, máximo tres, y sólo si están abrazadas.

Arriba queda el sol de la tarde; arriba, su antigua cama, la casa de sus padres, los pasillos por donde corría de niña, la cocina donde pasará a saludar y a despedirse de su madre y Soledad. Abajo está ella en su segundo mar.

Encuentra un montón de sillas de bejuco apiladas que pertenecieron a un antiguo comedor y un par de cajas selladas con cinta canela. Pretende abrirlas, pero un resplandor plateado que viene del fondo la distrae. Es un velís rectangular forrado por una tela gris de pequeños cuadros. En un flash, su mente le regala una fotografía instantánea: el abuelo Severino, entrando y saliendo de casa con ese velís en mano cada vez que iba de inspección a una nueva escuela. Intenta llevarlo fuera del sótano. No logra moverlo de su sitio, se resiste a ser desplazado.

Debo respetar el orden de las cosas, concluye, los años que el velís ha vivido aquí.

—¿Qué tienes tú para contarme? —lo interroga en voz alta.

Se sienta en el piso. Un clic, dos. Desactiva la cerradura, lo abre. Dentro hay papeles amarillos, notas de remisión, recetas de doctores, una agenda de su mamá que buscó durante años hasta darla por perdida, varios pares de mancuernillas, un reloj de marca Tizoc detenido a las

115

once cuarenta y cinco de quién sabe qué día, la corbata café con motas azules con la que el abuelo posó para el oráculo retrato y un ramo de novia, lirios de cera derretida. También hay trozos de tela calcinada, una blusa negra de encaje, de manga larga y botones al frente. Entre los pliegues de una falda negra halla una pequeña foto: una mujer con un chongo alto y un rostro sonriente; al reverso, el nombre de Margarita.

La tía abuela. Un vuelco profundo en el corazón.

Abraza la foto, la deja en su pecho, respira en ella, con ella. Abraza la blusa y la falda negra. Reconoce la ropa de Belén que ya no huele a tortilla caliente. Roza el encaje, repasa los botones. Se quita el saco, deshace su vestido hecho de tela de araña. Enreda su cabello e improvisa un chongo, viste la ropa de la abuela. La falda le queda bien. Desespera con los botones de la blusa, son tantos y los ojales están tan cerrados que demora en ello varios minutos.

Así vestida, regresa al contenido del velís. Encuentra una caja forrada con listones azules, percudidos. Una segunda foto muestra el rostro de potro enamorado del abuelo Severino. Una dedicatoria.

Belén:
Si bien es cierto que la verdadera felicidad no existe en este mundo, yo deseo para ti la tranquilidad que más se le aproxime, y que el sendero de tu vida nunca lo encuentres con abrojos.

Severino Buendía,
Cielo Cruel, 20-XII-1933

El cumpleaños de la abuela. ¿Veinte años? ¿Un poco más? Qué fácil le resulta imaginarlos en una banca de la plaza, frente a la escuela donde eran profesores. Severino regalándole a Belén un radio de transistores de alta resistencia, la última novedad. Un Candle tan compacto, tan ligero, tan diferente a los radios de válvulas, que Belén, maravillada, podía escuchar sus valses favoritos sin necesidad de un fonógrafo y podía sustituir la hora del Ángelus por las campanadas del Big Ben; porque el Candle tenía la potencia para sintonizar estaciones del otro lado del mundo.

Revuelve otro tanto las cosas. Todavía aspira a encontrar cartas de amor. No una, no dos, un montón de cartas, un paquete. No hay nada. El amor no siempre se narra a través de cartas, se consuela. Existen otras maneras más sutiles que pasan inadvertidas para los ojos ciegos y los oídos sordos. Por algo tengo aquí las fotos de Margarita y Severino, y vuelve a tomar las fotos. Por algo llevo puesta la ropa de Belén, y se palpa el torso, los brazos, los muslos. Esta ropa conserva la emoción de un cuerpo cuando fue besado por primera vez. Los hilos de esta blusa guardan el sudor, la sangre conmovida de la abuela cuando Severino le dijo quiero vivir contigo para siempre.

Por último, halla dos diplomas: uno de Severino Buendía, otro de Belén Díaz de León.

El Comité Directivo de la Campaña
Contra el Analfabetismo,
a nombre de la Patria Mexicana,
concede el honor a los profesores,
31 de diciembre de 1956,
por un México sin analfabetos.

Minutos después, Mar emerge del sótano con la sensación de haber nadado en aguas abiertas. Sus piernas están cansadas. Todo el rato respiró mal y en pausas, recelosa de llevarse a los pulmones la humedad del sótano y provocarse una crisis de asma. Prefiere el terreno de la vida, no le agrada el papel de Orfeo.

Vuelve los tablones y la alfombra a su sitio. Sacude la tierra que sus botines dejaron en la colcha. Pasa a la cocina a saludar a su madre y a Soledad. Su padre también está allí. Llegó cuando ella estaba en el sótano, no pudo escucharlo. Del clima, del rancho, de música, de combustibles, platican de cuanta cosa se les ocurre.

Sin ganas de interrumpirlos ni de que le pregunten algo acerca de la ropa de Belén, besa a cada uno con rapidez. De súbito, evoca el último beso que le dio a la abuela. Ese beso que depositó en su mano —que le dejó como al descuido, como un regalo que se entrega para enseguida huir de él— transformó a Mar, por un instante, en la señora de trenzas que las abordó aquella vez en el mercado.

Sale a la calle convencida de que hay cartas de amor que no necesitan escribirse, sólo vivirse, como las cartas que no se escribieron sus abuelos y bisabuelos, como el sentir que a diario derrochan sus padres y Soledad, o como la carta que la misma Mar —aún sin saberlo— está a poco de empezar con Alejo.

Avanza hacia el Pointer. Una sensación de bienestar le recorre todo el cuerpo.

¿podemos invitar a Fernando?, ¿podemos?, di que sí, di que sí, Sole y yo estamos desnudas en la cama, ella descansa la cabeza en mi vientre, el cabello le cubre el rostro, largo y negro, pesado y lacio, parece una fuente de fondant de la que mana un chocolate líquido donde puedo sumergir fresas y bombones, me hace cosquillas, me sopla en el vientre, me llena de caricias ricas, de caminos nuevos, de canciones que quiero empezar a cantar cuanto antes, pero no encuentro cuál, porque burra que soy, porque boba que soy, y sí, estamos conectadas, pensamos las mismas cosas, como cuando se me antoja un budín de manzana y canela y Sole llega a casa con uno, o como cuando pienso que me gusta el color morado y ella viste una blusa de ese color, por eso me arriesgo, ¿podemos invitarlo?, pero ella se hace la desentendida, la no te oigo, no te oigo, tengo orejas de pescado, cara de incredulidad, sus oídos se han tapado de tanto chocolate que le escurre del cabello, ¡ah!, ¿no te das cuenta, mañosa?, cavilo unos segundos y vuelvo a la carga, pienso algo muy inteligente y profundo, para la sabiduría china el tres es el número absoluto, no se le puede agregar nada más, luego, para hacerla reír, le hablo de tríos famosos, Mickey, Donald y Tribilín, sostengo que la naturaleza no miente, las hojas de un trébol y los pétalos de las bugambilias son tres, cuando veo su sonrisa ancha como de ropero con las puertas bien abiertas me lanzo de lleno, voy por más, digo que Dios es uno en tres personas, Padre, Hijo y Espíritu Santo, tres son los Reyes Magos, oro,

119

incienso y mirra, y si calculamos el tiempo, Sole, linda, el tiempo se divide en pasado, presente y futuro, en día, tarde y noche, y bien que me escucha, pero juega a la no me entero de nada, a la no estoy aquí, ¿no te das cuenta de que pienso cosas de verdad importantes?, déjate de tonterías, Gloria, Sole no dice mi nombre, pero es como si lo dijera, levanta la cabeza, no besa más mi vientre, muy seria, me mira a los ojos, no parpadea, está enojada, ¿está enojada?, sí, tiene cara de cuando le dice a las niñas déjennos tranquilas por el amor de dios, ¿qué más quieren?, pero muy al fondo distingo algo en sus ojos, como la flama de una vela apenas dibujada o el rastro de una sonrisa que ya no está, ahora tiene cara de mujer de negocios, no puedo atenderte, parece decir, ¿cierras la puerta, por favor?, pero a necia nadie me gana, soy terca como una mula y obstinada como una abeja, como decía mamá Belén, no me digan que no puedo hacer algo porque soy de las que va y lo hace, ¿a que sí?, Sole, preciosa, ¿podemos invitar a Fernando?, fíjate bien, hasta los libros de matemáticas de la primaria dicen la verdad, antes del círculo, primero fue el triángulo, sus ventajas debe tener, seríamos algo así como los tres mosqueteros o la santísima trinidad, ¿qué sería del sol y la luna sin estrellas?, ¿cómo se oirían los boleros de Los Panchos si fueran un dueto?, lo que digo es muy serio, pero Sole tiene cara de tortuga dentro de una pecera que no alcanza su hoja de lechuga, y como sé que existen límites, cambio de tema para no hacerla rabiar, digo que el colchón está muy rico, que las sábanas son muy suaves, que me encanta el olor a rocío de primavera del nuevo detergente, que me enloquecen sus besos y me fascina su piel, que descanse otra vez en mi vientre porque quiero sumergir mis dedos en el chocolate líquido de su cabello, puede dormirse arriba de mí si lo desea, Fernando está en el rancho, faltan dos horas para que lleguen las niñas de la escuela, sí, tenemos que ser cuidadosas, sobre todo con Mar que nomás anda abriendo puertas sin decir agua va, con esos ojos marrón que van preguntando ¿qué es esto?, ¿qué es lo otro?, ¿para qué sirve tal?, la otra vez me preguntó si quería a Fernando, ¿quieres a papá?, me dijo, pero ¿cómo le explicas a una niña que el corazón es un músculo muy elástico?, Sole vuelve a regalarme una lluvia de besos, dice no te muevas, pero qué barbaridad, no puedo quedarme quieta, entonces mejor canta, dice ella y yo, cosa rara, me encandilo, como si en la habitación hiciera mucho sol, como si las cortinas no sirvieran de nada y una pelota grande, amarilla, brillante, hubiera intercambiado su lugar con el foco, ¿me das chanza?, le digo a la pelota, a la lámpara y hazte para allá, tanta luz me ataranta y del todo bruta quiero levantarme a cerrar las cortinas, pero Sole no me deja, peso pesado se recarga, se apalanca para impedirme salir y digo sí, *querida, cada momento de mi vida, yo pienso en ti más cada día*, tengo canciones para ti, le gusta mi voz, soy entonada, no me da nada de pena cantar, imagino que estoy en un escenario lleno de luces, la gente aplaude, me lanza claveles y rosas, mientras *si tienes un hondo penar, piensa en mí*, despacio, suelto el micrófono del pedestal, camino con pasos cortos de sirena con mi vestido negro, entallado, a lo Marlene Dietrich, *si tienes ganas de llorar, piensa en mí*, me inclino para tomar un clavel que ha caído en el escenario, lo beso y lo lanzo a un hombre de chaqueta negra que no deja de mirarme, mientras Sole, dale que dale, me pasa la lengua por el ombligo como si el chocolate de su cabello se hubiera derramado ahí y no hubiera de otra más que lamerme, mientras el sol y las estrellas, los planetas todos, cantan conmigo entre las luces y las copas de champagne, y digo que por algo existen la Fe, la Esperanza y la Caridad, por algo las obras de teatro inician a la tercera llamada, digo que Hugo, Paco y Luis son los sobrinos del Pato Donald y que un sueño hermoso debe guardarse durante tres días antes de contarlo, *ya ves que venero tu imagen divina*, di que sí, di que sí, y hasta un bolero famoso quiere *hacerte tres regalos, son el cielo, la luna y el mar*, me callo, de golpe me callo, no sé si voy por buen camino, miento, tampoco soy tan entonada, pero si a Sole le gusta qué se le va a hacer, así se concentra mejor, si yo canto ella se aplica, como cuando prendo la radio para cocinar y el arroz me queda con sabor a *nuestras almas se acercaron tanto así*, o como cuando horneo un pastel para Fernando y las niñas, y entre la leche, la harina y la mantequilla mana un *eu sei que vou te amar* que los lleva a todos directo y sin escalas a la mesa donde a veces nos amamos tanto y tan rico, mi Sole, *por toda a minha vida eu voy te amar*, di que sí, *desesperadamente*, por favor, ¿podemos invitar a Fernando?,

—¿Será posible todavía hablar de amor? Hoy día, ¿a quién puede interesarle?

En el umbral del salón, un joven de grandes ojos de beagle solicita permiso para entrar. Mar aún no sabe que ese joven se llama Alejo y él ignora que esa mujer se llama Mar, pero ambos se sostienen la mirada y perciben cómo el mundo, lo de afuera, pierde sentido. Un desplazarse hacia el otro los ralentiza.

—Los filósofos contemporáneos aseguran que en nuestra sociedad capitalista, cansada y acostumbrada a la autoexplotación, los rituales están a punto de morir.

Para Alejo, el gesto de Mar resulta indefinido. Sus cejas levantadas pueden significar adelante, ocupa un espacio; o adelante, quédate fuera. Decide pasar. Lleva la mochila húmeda por las cosas de natación, tiene el cabello aún mojado. Busca un asiento libre.

El interior está oscuro, tropieza un par de veces. Se instala en la segunda hilera de butacas porque no hay espacio más atrás. Coloca su mochila en el piso y activa el silencio del celular. No saca libreta ni pluma. Recarga la espalda en el asiento, escucha.

—¿Saben ustedes lo que pasaría? El arte terminaría por morir... Pero, ¿de verdad podemos imaginar una sociedad sin rituales?

Son pocos los asistentes, menos de diez. Para Mar es mejor así, es más fácil mantener la concentración en un grupo pequeño. Éste, además, es heterogéneo. Fue diseñado como un módulo abierto en la universidad para darle promoción a la maestría en Historia del Arte. Por el traje y la corbata, por la blusa y la zapatilla, está segura de que al concluir la sesión la mayoría se va directo a una oficina o a un despacho. Sólo hay dos jóvenes: una chica francesa de intercambio escolar y Alejo.

—Somos sangre y cerebro, entendimiento y sensación, ¿por qué insistimos en separar la inteligencia del cuerpo? No sólo pensamos con el cerebro, pensamos también con la piel. De ahí que el amor tenga mucho de filtro, de diluir mi yo hacia un otro. La fuerza de atracción se explica cuando un Eros ascendente y celestial ejerce presión contra un Eros descendente y terrenal. O viceversa.

Mar yergue el cuerpo, recorre el frente del salón. Sabe muy bien por qué y para qué está aquí: es su primera suplencia. Su tarea es provocar el pensamiento, llamar la atención de quienes la escuchan. Hilar el pensamiento a la sensación sería su misión completa, terminada. Envolver en palabras, tocar a través de ellas.

Cuando dice yo, se lleva las manos al pecho. Cuando dice otro, Alejo se sobresalta, siente que se dirige a él. ¿Lo llama? Voltea a ver a sus compañeros. No advierte nada fuera de lo común. Un señor de corbata toma notas en un cuaderno con pastas de piel, una mujer escribe en la pantalla de su celular, un hombre de lentes y cabello corto teclea en una laptop las palabras que oye.

Los demás, incluido Alejo, siguen con la mirada el cuerpo de Mar.

—Si permanecemos en nuestra zona de confort, esos filósofos van a tener razón. Por eso, debemos comprometernos con los rituales, volver a ocupar nuestro corazón.

El grupo es silencioso, eso le gusta a Mar. Habla con confianza de lo que dice, se mueve con seguridad. Cuenta con el tiempo preciso para pronunciar la siguiente frase sin tropiezos ni distracciones. Advierte el entusiasmo, la aprobación, también el desinterés. La mirada de Alejo es inquisitiva y transparente al mismo tiempo, puede ver el correr del pensamiento en su frente. Por momentos, sus ojos se ausentan, cavilan quién sabe dónde, luego regresan a ella.

—Más allá de las clases de yoga, de la meditación o de la comida vegana que, por favor, no se malentienda, no estoy criticando, ¿cómo cultivar nuestro lado espiritual cuando lo que anhelamos es llegar a casa y quitarnos los zapatos?

¿Sociedad del cansancio y comida vegana? Vaya combinación. Alejo piensa que tal vez se equivocó de módulo. Puede irse, a la profesora no la conoce, quizá es una conferencista de ocasión. Si no se marcha es por curiosidad, porque alcanza a distinguir un tono de verdadera preocupación en las palabras que oye, incluso, un dejo de angustia.

—Si no nos enamoramos, nos convertimos en asesinos de símbolos. Negarse al amor es una manera de pisotear el derecho a la vida.

Imprime hondura a sus palabras, espera que la idea caiga por su propio peso. Su pregunta se dirige al aire, sabe que nadie va a responder. Asesinos del símbolo, el amor como un derecho sagrado. Le gusta, le gusta.

—Hablo de entender que el pensamiento habita la totalidad de nuestro cuerpo y el cuerpo habita la totalidad de nuestro pensamiento.

Alejo considera que la mayoría de sus gestos son exagerados. Ve su cabello suelto, el saco azul marino abierto. Le calcula unos treinta años. Es claro que se equivoca. Sus emociones, sus percepciones, lo engañan. Entre rigidez y relajación, su cuerpo va y viene. Ella lanza un puñado de palabras-caramelo que él saborea despacio, con las interrupciones necesarias para extender el sabor entre los dientes y el paladar, como quien enreda con la lengua una palabra y desenreda otra.

Inteligencia y sensación a la vez. ¿Es posible?

—Si a más de dos mil años de la instauración del cristianismo hemos sido ineptos para crear nuevos dioses, el camino es más que evidente.

Sin darse cuenta, Alejo suaviza la mirada. Mientras, las piernas de Mar le dicen a su corazón que le ordene a su cerebro que obligue a su boca a cubrirlo de palabras. Una lluvia, un manto de oraciones, que le hable en otro idioma. Palabras graves, eufónicas. Esdrújulas maravillosas. Agudas nunca antes pronunciadas.

¡Sucinto! ¡Cautivo!

Descubre dentro de sí un baúl lleno de palabras —un portafolio, un cofre, una bolsa— que no había advertido antes y que debe vaciar justo ahora, en la exactitud de este momento.

¡Écfrasis! ¡Sempiterno!

Cuando pasa a su lado, Alejo entreabre los labios y efervescencia, perenne, Mar responde en silencio. Con cada palabra lo toca, con lo que pronuncia, con lo que no.

Cautivar es una de sus palabras favoritas; persuadir es otra.

¡Quimera! ¡Oblivion!

—Desde su nacimiento, el tema del amor se encuentra rodeado por una serie de prejuicios. Es ciego, es una enfermedad, una peste perniciosa, es… ¡Bah! —qué bien le queda usar el ¡bah! de su papá—. ¿Estamos ante una sociedad higienista de las emociones?

¿Y si digo epifanía?, piensa. Quiere que sus frases suenen a sentencia, a cicatriz. ¿Si digo iridiscencia? ¿Níveo?

Un porque no, un porque sí, se instaura entre los dos. Un porque sí, un porque no. Una fuerza arroja el cuerpo de uno hacia la fuerza que el cuerpo del otro también ejerce, y se ven, pero no se tocan;

y se advierten, pero no se tocan;

y sopesan la presencia del otro —se piensan, se huelen, se sienten—, pero no se tocan.

Dos cuerpos gravitan en su propia órbita en un tira y afloja, como si sostuvieran el extremo de una cuerda y tuvieran que apretar los puños, jalar con energía para no caer abatidos en un charco de lodo.

—Levante la mano el que no quiere enfermarse.

Nadie levanta la mano. Mar se lleva el puño a la boca. Mira a Alejo, trastabilla con una palabra. Antes de seguir, aclara la garganta con un trago de café y recupera el hilo del discurso. Se cerciora de que el volumen de su voz sea el adecuado, quiere escucharse con claridad. Atenta a si alguien elabora una pregunta, hurga entre los rostros. Se detiene unos segundos en la corbata azul de un alumno. Hace una pausa larga, flexible. Agrega dramatismo, mantiene la intriga el tiempo necesario. Piensa en la palabra inmarcesible, en la palabra saudade, en la palabra miel. Junta las yemas de los dedos a la altura del rostro y mueve las manos hacia adelante, marca el rumbo que el pensamiento debe seguir.

—En la actualidad, todavía muchos críticos minimizan la importancia del amor en el arte. El enamorado no produce, es una especie de poseído que no hace ningún bien a la sociedad, tonto que desperdicia el tiempo en cavilaciones. Apacentador de estrellas, decía Ibn Hazm.

Conforme camina, observa cuando algunos usan al compañero de adelante como escudo. No los obliga a participar, que ellos decidan, son adultos.

—¿Y si esta aparente inacción convierte al enamorado en el verdadero crítico del capitalismo? ¿Si es él, en su esencia, un ser subversivo?

Está de acuerdo: el enamorado como un ser subversivo. Alejo tiene tiempo cavilando otras formas de revolución.

No siempre es necesaria un arma, una pancarta o una bomba para hablar de disidencia o revuelta. Mira las piernas de Mar y percibe un leve zumbido en el oído derecho. Está lleno de algo que no reconoce, siente que una mano le oprime el estómago. Tal vez son los efectos del hambre, lo aturdido que le queda el cuerpo después de nadar.

—Europa, inicios del siglo XIX. Stendhal creía en el amor como en una suerte de metamorfosis. Lo llamó cristalización. Basó su teoría en una interesante analogía. Si se deposita una rama en las minas de Salzburgo y se deja ahí, tiempo después, como apresándola, la rama estará revestida, transfigurada por una multitud de cristales. Lo mismo sucede con el enamorado: una transformación, un percibir la vida en plena intensidad.

Alejo aspira de cerca el perfume de Mar. Su olor es fresco, le recuerda las noches de invierno que ha pasado fuera de una tienda de campaña, a la intemperie, contemplando el cielo. Un calosfrío corre por su brazo; otro, por la pierna. ¿Le irá a dar gripa? Se mueve en el asiento, tiene el oído tapado por el agua de la alberca, es eso. No se oculta detrás de sus compañeros. Por el contrario, empieza a impacientarle perderla de vista. Cuando avanza entre las filas, la mira a través de fragmentos. Trozos de cuerpo: el hombro derecho, el final de una mano, el largo de una pierna.

—Europa. Siglo XV. Sandro Boticelli. En *La primavera* tenemos la idea del amor como metamorfosis. Zéfiro, Cloris y Flora ilustran un tipo especial de cristalización. Zéfiro, el viento del oeste, persigue por el bosque a Cloris, la ninfa de la tierra. Una corriente impetuosa lo impulsa tras de esa ninfa que huye en un correr de telas semitransparentes.

Como bailando, si Mar se desplaza a la derecha; Alejo, a la izquierda. Él está a poco de estirar la mano para detenerla, a poco de decirle ¿quieres quedarte?, y ella, como si abriera un libro ante sus ojos, está a poco de responder, tengo tantas palabras para ti.

Mar avanza al fondo del salón, evoca la palabra efímero, la palabra inefable. Con un control automático enciende el proyector. La reproducción de *La primavera* se exhibe en la pantalla blanca.

—De lo seco, de lo estéril, al resplandor de la vida. Al inicio, Cloris se resiste, pero cuando Zéfiro la toca, vuelve su cabeza hacia él y de sus labios, de su aliento, de su boca, brotan ramas, hojas. Todo eso se extiende como enredadera hacia el siguiente personaje. Del contacto entre Zéfiro y Cloris, nace Flora, quien anuncia la llegada de la primavera. Flora lleva una corona de violetas en el cabello, un collar de mirto en el cuello, un vestido lleno de flores. Lanza al viento algunas clavelinas y anémonas, algunas nomeolvides, algunas rosas.

Los pasillos comienzan a llenarse de murmullos, la hora ha terminado. La espalda de los asistentes se relaja, ya no siguen las palabras. Aun así, Mar informa que suplirá a la profesora Rodríguez por unas cuantas sesiones y alza la voz para hacerse oír entre los murmullos y la plática.

—Y de tarea, voy a pedirles que hagan el amor.

No fue prudente, no lo fue.

Está avergonzada, se talla los ojos. Sólo a ella puede ocurrírsele algo así. Mueve la cabeza, dice no, toma un libro. Camina de un lado a otro en el departamento, lanza el libro a la cama. Por qué es tan impulsiva, carajo. Fue cosa de mirarlo y dejarse gobernar por sus piernas. Sin cuestionamientos, como quien recibe un golpe de fe.

Carajo. Carajo. Carajo.

Se dirige a la cocina. Llena una taza con agua, la mete al microondas. Lo peor, lo que más la abochorna, es que la idea no es suya. Rechina los dientes. Digita doscientos veinte segundos en la pantalla.

—Ni siquiera soy original —habla en voz alta—. ¿Y si me acusan de plagio?

Se asusta, no había reparado en ello. Enseguida advierte lo absurdo de su temor. Se encamina a la sala. Palmotea los cojines del sillón, los acomoda, los desacomoda, los arroja a la pared.

Una vez escuchó contarlo a una importante doctora en lingüística de la UNAM. De hecho, la importante doctora se lo preguntó a ella, en plena fiesta, en casa de otra doctora.

—¿Qué pensarías tú si una de tus maestras te deja de tarea hacer el amor?

Mar se quedó pasmada, estúpida hoja en blanco, como si se le hubieran estirado los músculos de la cara y, con tremenda parálisis facial, fuera imposible responder. En ese tiempo, era estudiante de licenciatura y todos adoraban a la doctora: querían ser como ella, hablar como ella, pensar como ella, vestirse como ella, saborear una beca con ella en la UNAM. Tenía la obligación moral de responder, debía rebatir o corroborar cuanto antes. No porque anhelara una beca, sino porque no podía quedar como una idiota.

—Pensaría… —respondió dudosa, buscando disimular su turbación en un trago largo a su cerveza—. Pensaría qué tan en serio la maestra dijo esas palabras.

Caras largas, disgusto. Culpable. ¿Por qué la veían a ella si la grandiosa idea no era suya?

—Y haría la tarea —remató.

Su respuesta no fue lúcida ni sorprendente. El gesto de desilusión de la importante doctora en lingüística no desapareció, por el contrario, le alargó las mejillas, aunque la atención del grupo se disipó y pudo terminar su cerveza en paz, debía enterrar cuanto antes ese episodio en el olvido.

Hasta hoy.

El timbre del microondas la regresa a la cocina. Saca la taza, coloca un sobre de manzanilla. Camina otra vez a la sala. Alguna vez, en una clase sobre arte contemporáneo, una profesora preguntó a sus compañeros cómo había sido su primer beso. La mayoría respondió. Otra vez un profesor presentó un Power Point sobre la relevancia del color y terminó su exposición salpicando de pintura a los alumnos, todos se unieron al juego.

—Pero eras alumna y hablaban de Magritte y de Pollock —se dice con la voz severa de Belén, sin despegar la vista del oráculo retrato y sin percatarse del tiempo que llevaba sin hablarle—. Bueno, ya está, ahora el tema era otro —y templa el tono de voz.

Retorna a la cocina. Trata de tranquilizarse, vacía un chorro de miel en su taza de té. Después de todo, ¿qué puede hacer si tiene unas piernas que parecen tomar decisiones sin apenas consultarle? Porque fueron ellas las que escarbaron en su interior y le exigieron palabras hermosas para el joven ojos de beagle.

—Porque hablar del amor no es hablar de deseo y mis piernas confunden deseo con amor. Porque hablar del amor no es hacer el amor… ¿O sí? Hay una diferencia sutil… pero…

Se alisa el cabello, respira profundo, aclara la mente. Toma su taza de té y vuelve a la sala.

—En ciertos casos, entre el deseo y el amor… —mira al oráculo retrato. Se arrepiente de lo que está a punto de decir—. ¡Bah!, ¿por qué diablos tiene que importarme lo que piensan los demás?

Y se quema la lengua con el primer trago de té.

Alejo se encierra en su habitación. Apaga las luces, enciende la laptop. Da play a la última lista de reproducción, la voz de Kali Uchis. Se tira a la cama. Resopla. Hace unas horas buscó entre sus contactos alguna amiga a quién llamar y permaneció un rato indeciso, con el índice en la pantalla del celular. D, la chica de la Cineteca, era la número uno, pero siempre estaba ocupada y varias veces le había dicho que no. F respondería de inmediato con un emoji de corazón, pero aquello sería remover el pasado y, a estas alturas, ni caso. Cuando R apareció en la pantalla, la chica de bufanda verde que conoció en la biblioteca la semana pasada, no dudó.

Hicieron el amor despacio, en la cama de ella. Pero la playera holgada de Hello Kitty que dejaba el trasero de R al descubierto, en lugar de estimularlo lo convenció de que aquello no tenía razón de ser. Al penetrarla, abrió los ojos, pero por mucho que lo deleitaba escuchar sus gemidos, no pudo detenerse en sus gestos. Sus ojos le jugaban una broma, le pasaban diapositivas de un equivocado Power Point: los labios de R se abultaban hasta llenarse y convertirse en los labios de Mar, los ojos rasgados de R se expandían hasta borrarse y volverse los ojos de Mar.

Como despedida, plantó un beso en la frente de R y reprimió las ganas de decirle gracias.

Gira hacia la mesa de noche. Alcanza la laptop sin levantarse de la cama, sube el volumen. Mamá Sofía entenderá que está en casa. En casa, pero ocupado. Suelta el cordón del pants. Podría quitarlo, sería lo lógico, lo más sencillo, pero no le interesa ni lo lógico ni lo sencillo. Prefiere quedarse así, vestido por fuera, vulnerable por dentro.

Sus ojos abiertos le regalan una nueva serie de diapositivas: el cuello de Mar, los pechos, las piernas. De inmediato, una cresta de placer lo empuja lejos de la música, de la habitación, pero se niega a esa sorpresiva dicha. Quiere terminar, también quedarse ahí, con la Uchis.

Y así,
contiene y afloja.
Y así,
afloja y contiene.
Y así,
hasta dejarse ir.

Belén no iba a misa los domingos ni se persignaba al pasar frente a la iglesia. Debajo del vestido negro no cargaba escapularios ni rosarios, ninguna estampa religiosa se escondía en su monedero. Para entrar a su casa debía atravesarse un zaguán, custodiado por varios girasoles dentro de dos macetones de barro. Los domingos por la mañana, cuando Severino se marchaba a jugar carambola, regaba y cantaba a sus flores. Bautizó a cada una con una ceremonia a base de cerveza: los girasoles de la derecha se llamaban Norma; los de la izquierda, Reyna. En la esquina del fondo, adentro de un mueble de madera rectangular con un vidrio al frente, se encontraba una bandera de México enrollada en su propia asta.

La sala de altas paredes era fresca en verano y acogedora en invierno. Rara vez se abrían los postigos de las ventanas. Belén prefería moverse en la penumbra, los rayos de sol romperían el ambiente de biblioteca que había logrado recrear entre cojines, sillones abollonados y tapetes color vino encima del piso de madera. Los chineros no tenían copas de cristal ni vajillas de porcelana, estaban repletos de libros. Entre ellos, dos ediciones de la Biblia: la de Jerusalén y la Reina Valera. Por insistencia de Severino, había leído algunas partes sin orden ni método, sin concluir ningún evangelio ni recordar las historias a cabalidad. Hojeando un poco de aquí y otro poco de allá, entre Sara, Judith y Raquel confundía los nombres y las hazañas. A pesar de que aceptaba su valor literario, nada le causaba más rechazo que leer la Biblia.

La tarde anterior Severino le regaló *La leyenda de oro,* y ella comenzó la lectura por complacerlo, porque había cosas en la vida por las que no valía la pena discutir, así como cuando consintió cambiar por un día su vestido negro para casarse de blanco. Pero hasta ahí, nada de regresar a misa después, nada de confesar sus pecados con un sacerdote.

Murillo despertó de golpe, varios puños golpeaban con fuerza la puerta de lámina. Confundida, vistió el salto de cama que reposaba en la silla de madera. Encaminándose a la entrada, fue ajustando la cinta de la bata. No tuvo tiempo para calzarse las pantuflas, la excitación de los hombres transpiraba a través de la puerta. Con las cananas en forma de cruz en el pecho, cargaban rifles, machetes. Unos iban a pie; otros, a caballo.

Murillo olió su impaciencia, su propio sobresalto entre el sudor que empezaba a humedecer su camisón. Preguntó quién, pero el sonido fue tan bajo que incluso ella dudó, ¿de dónde provenía esa voz? Los hombres no escucharon nada, golpearon la puerta hasta vencer las bisagras y entraron estrepitosamente al único cuarto que hacía las veces de recámara, sala, cocina y comedor.

Belén creía en los libros, en el arte, en la educación, y con esa religión le bastaba, por eso era maestra. Para ella, una biblioteca era una especie de altar sin supersticiones donde cualquiera —ricos y pobres, ancianos y niños— tenía derecho de entrada. Desde que Vasconcelos envió la consigna, llevar la educación a todos los rincones del país, ella y Severino tomaron su papel muy en serio: eran un par de militantes que cargaban libros en lugar de armas, no había otro camino para salir adelante y combatir la miseria. Por qué, si no, reclutaban gente para convertirlos en maestros. Si tenía hambre, denle un libro. Si era un bruto, denle un libro.

Maestros, a pesar del miedo que acrecentaba en Cielo Cruel y contagiaba a las comunidades vecinas. Cada vez era más frecuente escuchar historias de maestros torturados y asesinados, como si el hecho de levantarse por las mañanas e impartir una clase fuera igual de peligroso que portar un rifle.

Los hombres enjugaron el sudor con un paliacate rojo. Entre carcajadas y escupitajos al piso, uno de ellos ordenó a Murillo que juntara sus libros, tenían que revisarlos, debían saber qué les estaba enseñando a sus hijos. Al entregarlos, ella advirtió que ninguno sabía leer, sólo detenían los ojos en las imágenes: en el niño con sarape, en la niña con trenzas, en el maestro con overol sentado en una piedra.

El hombre que había hablado acarició su bigote y pellizcó uno de los senos de la maestra. Dijo que volverían, pero primero necesitaban que alguien revisara esos libros. Murillo se aguantó las ganas de gritar.

En Cielo Cruel las noticias malas siempre llevaban alas y el rumor del miedo corría con celeridad: en Guadalajara, violaron a dos maestras frente a su padre; en Veracruz, con un alambre de púas, ataron de pies y manos a un maestro, y lo quemaron vivo en una hoguera hecha de libros; en Puebla, en tres diferentes escuelas, asesinaron al mismo tiempo a tres maestros frente a sus alumnos; unos meses atrás habían apresado a un maestro de diecisiete años, le desollaron la planta de los pies, le cortaron la piel de las rodillas, lo apedrearon, lo colgaron de un árbol.

El 15 de mayo, el presidente Lázaro Cárdenas presidió una ceremonia en honor a los maestros desorejados, secuestrados, perseguidos, asesinados.

¡Qué coraje!, pensó Belén, no podía olvidar una de las últimas atrocidades cometidas. Porque no existía otra palabra para nombrarlo, atrocidad fue lo sucedido a la maestra Murillo. Al igual que todos, estaba enterada de su espantosa muerte, la noticia llegó corriendo entre oído y oído y asombro y asombro. Y los culpables —faltaba más, aseguró Belén—, perdonados por la Iglesia.

Pero ni a ella ni a Severino iban a amedrentarlos. Ellos seguirían siendo maestros hasta el final de sus vidas.

Al irse los hombres, los vecinos se arremolinaron fuera de la casa de Murillo. Entre sombreros, rebozos y ojillos centelleantes, mascullaron palabras a la vez, sofocados por los nervios, conscientes de lo que podía suceder si la maestra no huía de inmediato. No había tiempo para empacar sus pertenencias. Con la voz rota, suplicaron que montara la yegua y se fuera derecho a San Antonio. La apreciaban, sus hijos hablaban bien de ella.

Con el rostro suspendido en una mueca de incredulidad, Murillo vagó la mirada entre la multitud sin saber qué hacer, sin decidirse a nada. ¿Huir por enseñar a los niños a leer y a sumar? ¿Esconderse por hablar de anatomía? No podía pensar con claridad ni articular una frase completa, se había convertido en una niña azorada.

Se restregó las manos, entrelazó los dedos, tartamudeó un padrenuestro con la mirada baja. Entre las botas y los pies aterrados dentro de los huaraches, vio pasar un gallo seguido de una gallina y cuatro pollos. Sonrió, muy a su pesar. Ésa fue la última imagen que conservó con certeza: aves, una familia completa, ajena al entorno. Las amonestaciones, los apremios de los vecinos, la agria sensación de miedo en la boca del estómago ya no la alcanzaba, parecía tener la cabeza dentro de una cubeta de metal y cualquier sonido, cualquier advertencia, le llegaba con retardo.

Sentada frente al macizo escritorio de roble, con la poca luz que emitía la vela en la palmatoria, Belén estiró la espalda. Deslizando las manos por los muslos, alcanzó el borde de la bata y la subió a la altura de la cadera. Separó las piernas, en medio acomodó *La leyenda de oro*. Al acariciar la portada, se fue enturbiando el azul de sus pupilas. Podía escuchar el canto de los gallos. Un canto continuo, uno solo: terminaba uno, respondía el otro. Un canto terco. La madrugada se colaba por debajo de la puerta.

Recordó la historia de santa Águeda, sus pechos mutilados en una charola, recordó a la maestra Murillo. Se detuvo en la época y el contexto tan diferente: Águeda en Italia, Murillo en México; una en el siglo III, otra en el siglo XX; una perseguida por ser cristiana, la otra por ser maestra. Tan alejadas y un similar tormento terminó con sus vidas, pensó.

Se dirigió al espejo biselado que colgaba en una de las paredes. Bajó los tirantes de tira bordada de la bata y dejó los senos al aire. Le gustaba su cuerpo, era una mujer completa. La manera como sus senos se arraigaban al torso, evocaba a una estatua de mármol en un pedestal. Dejó caer la bata. Sabía que debajo de la dermis seguía la epidermis, y se palpó los pechos intentando distinguir una capa de la otra. Imposible. La redondez de su carne era tejido adiposo, glándulas mamarias para succionar, para dar vida. Ni Murillo ni Águeda tuvieron hijos, reflexionó. Ella sí, ella tendría una hija, una sola.

Al regresar, los hombres injuriaron a Murillo. Le gritaron *maistra* socialista y la empujaron entre ellos, cada vez más brusco, más rápido. Uno le arrancó las mangas de la bata, los brazos quedaron al descubierto. Con el sudor escurriendo por el cuello y las camisas de manta manchadas en las axilas, se abalanzaron sobre ella. Trozaron otro pedazo de tela para toquetear las piernas, la lanzaron al piso.

Dos la sujetaron por las muñecas, otros dos por los tobillos.

Tres. Cuatro. Cinco empujones.

La entraña de Murillo cedió.

Con la mano derecha, Belén acarició el brazo izquierdo. Repitió el gesto con la otra mano hasta pasar las palmas por el rostro. Con la punta de los dedos masajeó la tensión del cuello por varios minutos. Su cuerpo blando latía con suavidad. Sabía amarse, no precisaba un hombre para ser feliz.

Por los muslos, por la espalda, una oleada de calor vehemente la atrapó, obligándola a tirarse un rato en la alfombra. Pequeños calambres, toques de fuego. Imaginó a Murillo y a Águeda con ella, en esa sala rodeada de libros. Lado a lado de su cuerpo fértil, tiradas las tres en la alfombra, fantaseó que la cogían por la cintura. Una de ellas besó sus senos, continuó la otra. Ninguna le dio tregua, querían llevarla al punto alto del placer, ahí donde se borraban los nombres y las mujeres mutiladas recuperaban su cuerpo.

Ya lo dijo san Agustín, todos somos inocentes cuando soñamos. ¿O fue santo Tomás?, preguntó Belén. No importa, todos somos inocentes cuando imaginamos.

Los hombres sacaron a rastras a Murillo. Jaloneándola por el cabello, por los pies. Las casas vecinas parecían abandonadas. Nadie, ni siquiera un fantasma. Detrás de las puertas y ventanas se respiraba un aire sucio, contaminado. Con un *jesúsenlaboca* y el alma equilibrada en un delgado hilo, veían y escuchaban, nadie hizo nada. De cuando en cuando se oían murmullos: *virgensantísima*, *virgenmisericordiosa*, *virgenpiadosa*.

Con la soga que utilizaban para arrear al ganado, lazaron por la cintura el cuerpo desnudo y sangriento de

Murillo, la soga restante la enredaron en la montura. Uno de los hombres espoleó el caballo, que lanzó las patas al aire, negado a avanzar. Empecinado, el hombre rayó el lomo con las espuelas. Con un relincho, el caballo salió a galope. Sin poder liberarse de la soga, el cuerpo de Murillo parecía un maniquí rebotando en el camino de tierra.

Pararon en la entrada del pueblo. Ahí le cercenaron los senos y los colgaron en dos huizaches. Como ejemplo, gritaron, para que los *maistros* aprendan de un jalón y ya no vuelvan.

Belén cambiaba detalles, intercalaba escenas. A veces su cuerpo era una hogaza de pan, harina de trigo, centeno pálido. Acariciaba a Murillo, a Águeda, las tomaba a la vez. Después de un rato, desaparecían. No las recordaba más, deseaba otra cosa.

Bajó la cabeza para contemplarse. Sus senos seguían ahí, turgentes, sin dolor. Cuando cesó el canto de los gallos, se levantó de la alfombra, tomó la palmatoria del escritorio y se fue a buscar a Severino.

Atravesó el pasillo que la separaba de la recámara. Avanzó hasta la orilla de la cama y alzó la palmatoria para iluminar a su marido. Su cuerpo, rendido al sueño, la deslumbró. Lo tocó apenas por un costado. Sin despertarse, él rodó la cabeza. Mascullando un par de palabras con los ojos cerrados, giró completo hasta quedar bocarriba. Ella abandonó la palmatoria en el buró para provocar el deseo de su esposo entre las sábanas. Con paciencia, transformó su lengua en mariposa sabia hasta endurecerle las ganas y montarse en él.

De tan azul, el cielo lastimaba los ojos. Los pechos de Murillo permanecieron colgados en los huizaches durante días. Nadie se atrevió a tocarlos. Tan cargados como estaban de una enfermedad infecciosa o de un ánima desconocida, las madres cubrían los ojos de sus hijos cuando pasaban por ahí, los señores escupían al suelo para mostrar su descontento, pero no se atrevieron a hacer algo más.

Murillo aún sobrevivió varias horas, hasta que su hermano la cubrió con un sarape y la montó a la yegua para llevarla de regreso a San Antonio. Ella susurró al oído de su hermano lo que pasó, pero desvariaba una historia de amor entre un gallo y una gallina. No alcanzaron a pisar la casa ni el hospital, murió en el camino.

La gente dice que a partir de entonces brotan de los huizaches pequeñas flores rojas.

Belén sabía que de la semilla de un Severino dormido, nueve meses después nació Gloria.

La idea de ir al Tres Bandas es de Mar.

—¿A esta hora? —pregunta Alejo con cara de no me la creo—. A las diez de la mañana esos lugares están cerrados.

—Sí, a esta hora —afirma ella—. Google dice que abre desde las nueve.

Mar pasa de la Stella Artois a Corona, Tecate, Indio y regresa a la Stella Artois. Él todo el tiempo pide Victoria. Desayunan churros fritos en forma de una rueda de carreta, servidos en una bandeja de plástico roja.

Aunque no juega billar con frecuencia, es buena. O instintiva. Entiende que las jugadas se elaboran en la mente antes de ejecutarlas. Aquello se resume en el trazo de triángulos: del taco a la bola, de la bola a la buchaca, ciencia hecha a base de cálculos. El toque es crucial: al centro, a un costado, izquierdo o derecho; medir la intensidad del golpe: enérgico, corto, de voy y vuelvo, de no doy más. Creció al lado de un padre que tiene un taco Molinari colgado en la pared de la recámara, algo debe saber.

Alejo ha jugado con los amigos. Aprendió con ellos, aquí, allá, una cerveza tras otra, una incidencia fortuita. Pero el *pool*, como lo llama él, no es uno de sus entretenimientos favoritos. Él preferiría otra cosa, un mirador, por ejemplo.

Mar camina alrededor de la mesa. Porque la ocasión hace al ladrón, como diría su padre, porque las cosas no se acaban hasta que se acaban, porque aquello recién arranca y ella se siente tan fresca —tan suave, tan alegre— desde que, al salir de clase, Alejo se ofreció a ayudarla a cargar sus libros al Pointer.

Roza con su brazo el de Alejo. Para ejecutar un tiro alarga las piernas, inclina la espalda, tensa los brazos y proyecta la cadera hacia atrás. El escote de la blusa hace el resto.

—No más música de banda —dice él y enciende el celular. Busca a Gorillaz, no lo encuentra—. ¿Qué tal el Ruki?

En cuanto da play, Mar entona *tú eres mi música y mi mejor canción* y, aunque desafina, a él le gusta escucharla cantar. Nadie alrededor.

Tal vez por instinto, Alejo primero se resiste a la coquetería de Mar. Cuando se acerca, da un paso atrás. Pero las piernas de ella vuelven a explayarse, a moverse sutiles, aéreas. Cerveza, música, taco de billar en la mano, boca cerca de otra boca. ¿Quién puede ser tan imbécil como para resistirse?, piensa él.

Los ojos se miran.
Las bocas sonríen.
Los cuerpos se acercan.
Los ojos se cierran.
La punta de una nariz roza la punta de otra nariz.
Los labios se buscan… Pero no, no se tocan.
Los cuerpos se alejan.
Vuelven a iniciar.

Pasan las horas. Jóvenes, señores, muchachas, entran y salen del billar. A nadie le asombra cómo pasa el tiempo.

Mar quiere decir una palabra para urgir el nacimiento del oído, no puede, el silencio es más fuerte. Los tacos, la tiza, los números del uno al quince grabados en cada una de las bolas se hacen a un lado. Los bancos altos se desplazan hacia atrás y las mesas se retiran. Todo se corre para delimitar un centro que rompe en universo nuevo.

Entre dos mesas de billar, el deseo asalta, se marca como huella en los dedos de las manos y los pies, y nace el tacto. El olfato es una nariz que en un cuello respira. Los ojos recuerdan al cíclope.

Se besan y al instante el paladar se vuelve agua. Se humedecen las lenguas, se mezclan las salivas, aparece el gusto. Se besan en el estacionamiento del billar, en cada semáforo en rojo, en la gasolinera donde cargan combustible y Mar compra una paleta congelada de chocolate, para después —cuando regresa al auto— continuar besándose. Apenas toman aire para repasar los gestos de un ritual conocido: masajear, estirar los labios, mordisquear.

Poderosos, soberbios, casi dioses, son capaces de inventar un mito con sus bocas.

—Esta noche.

Mar susurra y Alejo acepta con la vista fija en los desniveles del adoquín. Maneja el Pointer, la cabeza de ella está recargada en su hombro. Los faroles recortan trozos de oscuridad, socavones luminosos alumbran el camino. Arrancó con la familiaridad de quien ha conducido siempre el mismo auto, sólo fue cuestión de acomodar el asiento y los espejos y ya está. Era como si la rutina de estar juntos estuviera grabada en su cuerpo: pisar el clutch, primera, segunda, tercera velocidad, pasar por ella a la escuela, adentrarse en los callejones, llevarla de regreso a su departamento. Aunque era imposible que fuera así, aquello era una sensación que ignoraba de dónde nacía, era la primera vez que manejaba el Pointer.

Al igual que con el auto, al franquear la puerta del departamento siente que llega a un espacio conocido, algo parecido a tierra firme, aunque nunca ha estado ahí. No obstante, el retrato donde posan los abuelos, la colección de películas de Arturo de Córdova, la *Historia de la belleza* de Umberto Eco, las sillas ordenadas alrededor de la mesa, las velas nunca encendidas, la taza de café que dice feliz cumpleaños refuerzan su sensación.

Mar propone resumir sus vidas y registrarlo en una libreta. Se tira en la cama y se recarga en una almohada, juguetea con una pluma entre los dedos mientras se cuela una sonrisa en sus ojos. Entre tantos libros que cubren la pared, Alejo no encuentra dónde conectar la cafetera.

—¿Me traes agua, por favor?

Habla mientras piensa que su vida puede abreviarse en esa orden disfrazada de pregunta. Ha venido repitiendo un ¿me traes agua, por favor? a cada uno de sus no-maridos hasta llegar aquí. Y Alejo, ¿entra en la categoría de no-marido? Sacude la cabeza. Por el momento, es algo en lo que no quiere detenerse. Con una línea divide algunas hojas de la libreta por la mitad. Cada seis renglones marca una línea horizontal.

Alejo abandona sus ganas de una taza de café y se encamina al refrigerador por una nueva cerveza. La destapa, da un trago. Se queda ahí, absorto en un imán de *El jardín de las delicias*. ¿Cómo resumir su vida? Antes de este departamento, ¿quién era él?, ¿qué hacía? No suele pensar en el pasado, le gusta el movimiento, seguir el ritmo que el día le marca. Pierde la mirada en las imágenes del Bosco, dos amantes capturan su atención. Él está pintado de negro; ella, de blanco. Desnudos, navegan en una canoa. Siente que esos amantes lo orientan, lo trasladan a los recuerdos.

Se aparta del refrigerador. Toma un vaso y lo llena de agua. Camina hacia la recámara. Una Mar risueña le intercambia el vaso por la libreta y una pluma. Él se sienta en la orilla de la cama. Con detalle, traza su mejor letra, lo más clara posible. A manera de carta de presentación, escribe los episodios fundamentales de su vida en una serie de columnas.

Muerte de Patis.

Divorcio de padres.

Instituto Artemisia.

—¿Qué hacías tú cuando yo nací? ¿Dónde estabas? —indaga él, cuando pasa la libreta.

—Fui a conocer el mar. ¡Qué aventura! —responde ella, radiante, al evocar la belleza del agua y del cielo. Enseguida, escribe en la libreta.

Hugh Grant.

Benicio del Toro.

Antonio Banderas.

Alejo mira de soslayo sus apuntes. ¿Nombres de actores? No comprende nada. Tampoco pregunta, prefiere ser discreto.

—De niña, me gustaba jugar al Pac-Man en la tienda de abarrotes y, los fines de semana, veía las películas de Arturo de Córdova —continúa Mar—. Me embobaba su tono cuando pronunciaba "no tiene la menor importancia".

—A mí me gustaban los Looney Tunes... ¡Y Max Steel! ¿Cómo olvidarlo? —dice Alejo, contagiado por el entusiasmo de ella. Puede verse cuando tenía ocho años, cuando corría en el parque y trepaba a los árboles. Pero algo, lo ensombrece—. No imaginas el miedo que desde niño le tengo a las botargas —trata de sonreír para minimizar su sentimiento—. No es miedo exactamente, es algo parecido a la angustia. ¿Quién o qué la mueve?

—Entiendo. Hay algo insondable en una botarga, es como un muñeco que adquiere vida.

Por unos segundos guardan silencio. Mar no sabe si corresponder a la sinceridad de Alejo y confesar también su mayor miedo, la serie de culpas que le ha acarreado el tener un nombre de villana. No. Prefiere cambiar de tema, recuperar la alegría inicial.

—¿Sabes qué es el Super Punk?

—¿El Super qué? —Alejo pregunta con curiosidad.

—Era un líquido azul que te dejaba el fleco tieso todo el día. Las chicas lo usábamos —revive su fleco al estilo *Quinceañera*. Era 1987, le parece, y ella recogía su cabello en una cola de caballo que adornaba con un moño de papel crepé. Hace cuentas, Alejo aún no había nacido. Se ruboriza y, a la vez, se siente feliz.

Siguen un rato así, trazando flechas, círculos y asteriscos entre una columna y otra, cruzando sus biografías y sorprendiéndose de la serie de casualidades que, de tiempo atrás, ya los venía llamando.

Uno frente al otro se despojan de la ropa. La ansiedad de sus piernas armoniza con el latir de su corazón, con el cuerpo que demanda ser tocado. Por mi culpa, piensa Mar cuando Alejo se quita la playera negra. Por mi culpa, y ella se deshace de la blusa. Por mi grande culpa. Pero por primera vez, la culpa no le sabe a castigo o a pena; le sabe a placer, a deseo, a piel. Quiere llevar la palma derecha a su corazón para continuar siendo espejo donde él se rinda y la siga. No cierres los ojos, piensa, mientras se mece arriba de él.

Al poco tiempo, parece que un demonio los sincroniza, les dilata las pupilas y los satura de color. Mar siente que su cuerpo se pinta de magenta, de café, de rojo. Alejo siente que se pinta de verde, amarillo, azul. Hacer el deseo es hacer el amor, ninguno de los dos encuentra diferencia alguna.

Los ojos color marrón de Mar se desvanecen en los ojos de Alejo. Los ojos de Alejo, casi negros, se unen con la noche a la que se ha entregado sin reservas. Su único anhelo es dirigir su mano hacia Mar y acariciarla. Enseguida, cae en la cama, tronco hueco de un sauce llorón que lo recibe de brazos abiertos cuando por fin la suelta. Cuando sale del cuerpo de ella, cree que migra de sí. Esa mujer, como ninguna otra, lo jala, lo traslada a una zona donde no había estado antes. Y cuando ella también cae rendida, los dos comprenden que el demonio los lanza por un acantilado, los extravía en una habitación que cambia de azulejos amarillos a rojos para depositarlos luego en un campo de algodón en el que creen compartir la misma sensación de levitar. Se han vuelto fetos que nadan en la alberca vientre de una madre, deseo que anida en las piernas de un padre.

Por favor, no cierres los ojos, piensa él, consciente de lo vano de su pensamiento, de lo inútil de decirlo en voz alta, su cuerpo lo grita y ella responde con los ojos bien abiertos. Me gusta tu cara, parece decirle, voy a memorizar tus gestos, la manera como arrugas la nariz y arqueas las cejas, la manera como detienes la mirada en un punto tan lejano que no puedo alcanzarte. De cerca, me gusta tu piel muy de cerca, contar los poros de tu vientre hasta perder la cuenta.

Mar parpadea, no cierra los ojos, el cuerpo de Alejo le habla, su voz es tan nítida, tan clara, que a cada segundo, a cada fluido, se cuela en su interior. Atrapa sus piernas con las suyas, lo hace girar, se monta en él. Estira la mano hacia la bolsa que dejó a un lado de la cama, saca la paleta de chocolate, la desenvuelve con cuidado. Para su sorpresa, aún sigue congelada. Primero la detiene en la frente de Alejo. Un placer profundo desciende por su espalda cuando advierte el estremecimiento de él. Pasa la paleta por el entrecejo, por la nariz. Cuando llega a los labios da varias vueltas a su alrededor, quiere delinearlos, provocar el nacimiento de una boca nueva, distinta, virgen; más grande o más chica, más alargada o abultada; una boca sin pasado, sin historias que ensombrezcan el presente, dibujada por ella y para ella.

Muerde la paleta, se deja ir. Un calosfrío la recorre cuando percibe el frío del chocolate derritiéndose entre su lengua y paladar.

—Soñé contigo —le dice besándole la oreja con los labios fríos—. Te esperaba en lo alto de una cumbre y tú caminabas hacia mí con un pantalón de mezclilla y una chamarra de cuero. Avanzabas con las manos dentro de los bolsillos del pantalón. Luego empezaban a cruzar avionetas que, con su estela blanquísima, escribían letras en el cielo. A, J, M.

—Agua. Juventud. Misterio —murmura Alejo.

—Nosotros estábamos ahí, mirando las letras.

—Ajolotes. Jirafas. Musarañas —Alejo dice palabras sueltas que lo desplazan a un sitio donde se deja flotar; mientras, sus manos se afianzan al oleaje que mana de la unión de las caderas—. Amazona. Jinete. Mar... Eso eres.

Los Manrique tienen varios juegos que han ido perfeccionando con los años, de los que nunca hablan pero siempre participan. En el súper, por ejemplo, cuando Fernando coge un galón de aditivo para el motor, Gloria empuja el carro de las compras y se adelanta al siguiente pasillo. Entre las botellas de plástico ambos se espían: leen las etiquetas, observan las muecas de concentración de uno y de otro, la risa contenida.

Gloria se pierde a propósito y Fernando la busca a propósito, y son capaces de reconocer su olor desde lejos. Ese olor tan personal, tan íntimo, mezcla de los dos, de compartir unas sábanas, una taza de café. Se siguen la pista, se reclaman entre pasillos. Gloria se convierte en una niña que extrae un trozo de pan del delantal de su vestido y lanza al aire un camino de moronas. Entre pilas de pastas, paquetes de sopas y frascos de salsa bolognesa, Fernando parece otro niño cuando una a una levanta las moronas.

Ella le dice ven, él contesta voy.

Ella dice me has perdido, él responde nunca.

A veces, Fernando se acomoda al lado de su mujer con la sensación de que nunca se marchó. Le besa el hombro para decirle estoy aquí y ella corresponde con una sonrisa. A veces, Gloria regresa sus pasos y le pregunta el precio de la mantequilla porque no alcanza a leer las letras chiquitas de las etiquetas, o le aclara cuántos litros de leche necesitan para surtir la despensa.

Algunas otras veces, los juegos se desarrollan en casa. Fernando abre la puerta y recibe a Soledad, sirve dos vasos grandes de Coca-Cola y se despide de las amigas con un diviértanse. Pero en lugar de irse las espía a través del cerrojo de la puerta. Escucha su risa que se serena y se agita a intervalos medidos, irregulares, justo cuando Soledad se inclina e introduce algo entre las piernas de Gloria. Fernando distingue un objeto redondo, parecido a un huevo color de rosa. Al poco tiempo, la reunión de las amigas se convierte en una fusión de cuerpos que colma la habitación de un sonido de cascabeles —nítido, constante— que se confunde con la risa de Gloria, más alta y profunda que la de Soledad. Y aquella fiesta de la que Fernando es testigo, siempre termina por vencerlo.

Aunque es incapaz de reconocer quién besa primero a quién, quién tira de la ropa, quién toma la delantera, prefiere creer que Soledad es la causante de todo, hecho imprescindible para continuar con su mujer. Porque, al fin y al cabo, Gloria no puede escapar de su naturaleza, o de eso que él intuyó —y aceptó— desde hace años, cuando se dispuso a seguirla entre las bancas de la carpa. Si alguien le preguntara el significado del matrimonio, él respondería que es el tiempo que ha invertido en memorizar los gestos de su esposa sin tener nunca la seguridad de conocerla por completo, porque siempre aparece un gesto sin registro.

Si Soledad inició todo, entonces él puede admirar la gracia que transpira el rostro de su esposa. Después de años de una vida en común, puede admirar esos gestos desconocidos que surgen en la habitación, un rostro diferente al que ella tiene cuando está con él en la cama. A través de una cerradura, admira lo irrebatible: el único destino es perseguir el ritmo de los cuerpos que se aman, acoplarse a ellas en la distancia, la única encomienda es bajar el cierre del pantalón, acariciarse. Sólo así, no deja nada a la suerte, y al que no le guste, el que no lo entienda, pues que no le guste y que no lo entienda.

—Suéltame. Primero un baño.

Fernando abraza a Gloria por la espalda. Como todas las tardes, ella escuchó cuando el motor de la Cherokee se apagó afuera de la casa, escuchó el chirriar de la puerta de la camioneta, el bah de su marido al quitarse las botas llenas de barro, sus pasos en la sala, el ya llegué, ¿dónde estás?, ¿qué vamos a cenar?, tengo un hambre de toro.

—¿No puedes hacer una excepción? Mira, me las quité —responde él y muestra las botas de las que se desprende una capa de barro seco que cae en la alfombra. Antes de encaminarse al baño da una nalgada suave a su mujer, usa el lenguaje particular que han elaborado entre ambos y que sólo ellos son capaces de reconocer. Soledad no sabe de esas complicidades. Nadie puede borrar los años felices de su matrimonio.

Gloria contempla la espalda ancha de su marido, la camisa empolvada, la curva de las nalgas bajo la mezclilla. Aspira con cariño el rastro de cigarro, sudor y campo que impregna en el ambiente.

—Vamos, apúrate. Tampoco voy a esperarte la noche entera —dice un poco antes de que él desaparezca.

Nerviosa, toma un libro, cualquiera. Lo abraza a su pecho como si con ese gesto pudiera reescribirlo. No quiere leerlo, anhela confesarse en él, contarle lo que ha preparado para su marido. Quiere volcarse en ese libro; por ósmosis, filtrarle su alma.

Sabe que Fernando la quiere, todavía la quiere, la seguirá queriendo el resto de su vida al igual que ella. Porque sí, porque hay gente como ellos que quieren para toda la vida. Porque en su mirada hay unión a pesar de la rutina o de cualquier enojo. Lo ha confirmado innumerables veces en la manera como la besa. Las canciones, desde Elton John hasta Juan Gabriel, insisten en hacerle creer que el amor y la costumbre son dos cosas distintas, pero no está convencida de ello.

En un par de ocasiones ha estado con otro hombre, siempre por azar. Una mirada, una sonrisa. Con alguno de ellos se ha seguido viendo de vez en vez. Llamadas por teléfono, mensajes, algún encuentro fortuito. Y no existe maldad premeditada cuando elige la falda, la ropa interior o el perfume, porque su marido no deja de estar presente, porque esa falda ya la estrenó con él, el perfume lo usó con él, su cuerpo mismo ya antes se vació en él. Pero con Soledad, el mundo inventa otras reglas para colmarla de dicha.

Tratando de hallar alguna explicación ha leído un par de libros al respecto, pero tanto Freud como Fromm aseguran que no se puede amar a dos personas a la vez. ¿Será que sí se puede amar a un hombre y a una mujer al mismo tiempo?

A veces, cuando su marido la penetra, recuerda cuando un hombre distinto la penetraba, y entonces emana un anhelo furioso: las ganas tremendas de compartir con su esposo los otros juegos, ésos donde él no participa. Quiere contarle, invitarlo, decirle lo felices que podrían llegar a ser. Con otro hombre su marido no podría, y ¿con Soledad?

Gloria no es el tipo de mujer que registra a su pareja, no lee su correspondencia, no lo cuestiona cuando llega tarde. Lo que sucede fuera de la recámara es asunto de él. Ambos, estén donde estén, regresan a dormir cada noche. Él es su realidad, ella es su realidad. Las niñas y la casa que perteneció a Belén y a Severino son su realidad, pero eso no evita la presencia de otras realidades.

Y el que sea libre de deseo que tire la primera piedra, concluye Gloria mientras se encamina a la recámara.

Fernando abre la ventanilla del baño. La noche recién comienza y aún se siente acalorado, con la piel reseca por las horas bajo el sol. Una ducha es una bendición, un bálsamo, un vaso de limonada con muchos hielos, una corriente de aire que se cuela por la ventanilla de la Cherokee para refrescar sus axilas. Abre la llave fría de la regadera. El baño es grande, de mosaicos blancos y azules, con una tina que casi no se usa. Antes de entrar a la ducha contiene la respiración un par de segundos. Al primer contacto con el agua percibe una agradable picazón trepando por las pantorrillas, suelta el aire. Se talla los brazos, el vientre, los muslos, con grandes círculos, como si lavara un auto.

Revitalizado, erguido, bello, sabe que conservar a su mujer significa admitir a Soledad. Piensa en ella, es una mujer alta, de espalda ancha y piernas gruesas, aunque no demasiado. Sus pechos son más vastos que los de su esposa. Si en lugar de cuatro niñas hubiera tenido gemelas, las hubiera alimentado a la vez. El cabello de ambas mujeres es parecido: castaño, ondulado, largo. A ojo de buen cubero, y entorna los párpados para concentrarse mejor, la cadera de Soledad es más angosta que la de Gloria, una cuarta menos. De cualquier modo, él es más alto, podría cargarlas a las dos, una en cada hombro.

Como una no es ninguna y dos es la mitad de una, las cuatro ocasiones que ha estado con otra mujer, las resume en una sola. Porque los caballeros no tienen memoria y él nunca ha rechazado una pieza de pan cuando el diablo se lo ha ofrecido en una bandeja, ya fuera con aquella vecina que le echaba bronca porque su cerca invadía su terreno o con la licenciada del Registro Público que lo ayudó a concluir el trámite de reposición de escrituras.

Se seca con una toalla. Sacude la cabeza para deshacerse de los restos de agua del cabello. Un rocío de gotas cae en sus hombros, en la parte alta de la espalda. Limpia el espejo con la mano. Ve sus ojos avivados, su mandíbula cubierta por espuma de afeitar. Con movimientos diestros pasa la navaja por las mejillas, alrededor de los labios, la barbilla. Cualquier rastro de ardor lo apacigua con la loción aroma a musgo, toronja y roble que su esposa compra con la señora de la fayuca sin sospechar que es la cuarta mujer de la que una no es ninguna.

Cuando entra a la recámara, un aroma a caña dulce lo descoloca. Mira a su alrededor: las cortinas echadas, una botella de whisky, un racimo de uvas, un trozo de queso. Encima del acolchado liso y oscuro de la cama, con un círculo hecho de campo recién cortado —pétalos de acacias blancas, hojas de romero, trozos de hierba—, encuentra una pantaleta de encaje color durazno. Resuella, cualquier palabra que pudiera pronunciar —y que no pronuncia— sería un sonido ronco. Es el inicio de otro juego.

¿Es nueva? Examina la prenda con detenimiento, no la recuerda. Si algo conoce él, es la ropa de su mujer. Algunas madrugadas hurga entre las cobijas y, sin despertarla, le sube la bata y le baja la pantaleta. Luego la dobla en dos y la mete en la bolsa del pantalón para olerla camino al rancho.

No, en definitiva no es nueva, concluye mientras sirve whisky en el vaso y parte una rebanada de queso.

Unos segundos después, Gloria aparece. O quizá siempre estuvo ahí, escondida entre las cortinas, leyendo el efecto de sus acciones. Estímulo, respuesta. Viste una camisa de Fernando, blanca, de delgadas rayas azules, desabotonada. La tela emana el rastro de un vapor jabonoso, recién planchado. Debajo, los pechos sueltos preguntan por él. Lleva puesto un bóxer gris que le queda grande y que Fernando reconoce como suyo. Vestida con su ropa, la mira más mujer, le gusta.

—Póntela —Gloria señala hacia la cama. Fernando indaga en silencio, no está seguro de lo que pide.

—Póntela —insiste ella y coge la pantaleta, la restriega unos segundos en la cara de él y se arrodilla. Él percibe

155

el cosquillear del encaje en su nariz. Un rastro a almizcle se le prende a los labios, distinto al olor afrutado de su mujer.

—¿Estás loca? ¿Qué quieres? Eso no me queda —responde sorprendido, aunque sigue el juego.

Con un ligero golpe en el tobillo, Gloria le indica alzar una pierna, la otra, tira hacia arriba la prenda. El elástico ciñe la cadera de Fernando, el encaje no alcanza a cubrirle el sexo por completo. Pronto, el deseo se transforma en punzadas, en una manera novedosa de amar a su mujer, de paladearla a su antojo.

Gloria se tiende encima de los pétalos de acacias. Fernando le coloca un trozo de queso en el ombligo, lo come. Mano a mano le abre las piernas, le baja el bóxer. El sabor afrutado de su mujer se mezcla al almizcle que aún lleva en los labios.

—No te los quites —dice Gloria con la voz quebrada—. Son un regalo de Soledad.

—Así que a eso huele tu amiga —afirma él con la razón disminuida, atarantado, como si a pleno sol se hubiera quedado dormido entre los surcos de las parras y el tractor le hubiera pasado encima. Sabe que al interior de toda mujer —llámese Gloria, llámese Soledad— existe una especie de pequeña montaña puntiaguda, encendida, de vértice blando y rugoso.

Gloria se mueve, busca entre las cosas tiradas en el suelo. En una de las bolsas del pantalón de su marido encuentra la navaja suiza. Con los ojos lustrosos, vueltos agua, los Manrique se miran. Gloria extrae el filo del mango y lo acerca a los labios de su esposo como si tuviera el poder de adivinar sus fantasías. De un movimiento corto entierra apenas la punta de la navaja y hace brotar una gota de sangre.

—¿Así te gusta, Soledad? —Fernando interroga. Intercambia los nombres a propósito, sólo Gloria puede adivinar sus deseos más profundos.

Ella traga saliva, asiente con los ojos. Entiende que al usar el nombre de su amiga, Fernando firma el pacto, ha aceptado.

—Sí, así me gusta —responde—, y si quiero algo diferente te lo haré saber.

Es imposible saber si es la lengua de ella o la lengua de él —o la lengua de ambos— la que lame esa única gota de sangre.

Lado a lado, Mar y Alejo están desnudos, encima de una cama. El sudor de los cuerpos se ha secado y la piel comienza a erizarse ante el frío, pero no quieren moverse. Extender la mano y alcanzar las cobijas parece una tarea remota.

El hotel es una antigua casa de un piso rodeada de cuartos con ventanas que dan a una calle empedrada, donde el sol deslumbra durante el día. Mar de inmediato imaginó hombres de sombrero ancho recorriendo a caballo esas calles, como en una de las películas en blanco y negro que proyectaba su papá cuando era joven.

Al entrar a la recepción se tallaron los ojos, encandilados ante el cambio de luz. Parpadearon varias veces para acostumbrarse al entorno. Poco a poco, los bultos desdibujados, las formas borrosas y difusas se fueron delineando hasta moldear los tres sillones de un juego de sala, un par de macetones con biznagas y una señorita de cabello recogido en un chongo bajo detrás de un escritorio de madera labrado.

Cuando Mar preguntó el precio de la habitación le pareció cara, pero habían indagado en otros hoteles y ninguno había sido de su gusto: o la colcha demasiado percudida o el baño demasiado oscuro o la conexión a internet demasiado débil. En realidad eran pretextos. Estaba nerviosa, quería que las cosas sucedieran en su simpleza. Cuando miraba a Alejo para preguntar ¿aquí?, él la eludía, asaltado por una serie de emociones que lo hacían ocultarse en su celular, escribiendo mensajes imaginarios mientras sus ojos respondían lo que tú decidas está bien.

En cuestión de hoteles, Mar suele guiarse por una primera impresión. Los otros le parecieron sombríos, acordes para una novela de miedo o de fantasmas, no para escribir su historia con Alejo. Este hotel de paredes blancas, enjalbegadas, la hizo respirar aliviada. Alejo asintió y pidió la habitación número nueve, ávido de provocar la buena fortuna. Por lo demás, eso de elegir hotel lo tenía sin cuidado, le daba igual la cama, el color del baño o la calidad de las lámparas. Volver a hacer el amor con Mar no le ocasionaba conflicto, por el contrario, la deseaba ya. Lo intimidaba el caminar juntos por una calle, el comer frente a frente en una misma mesa, el conocer el color de su cepillo de dientes. Estaba acostumbrado a dormir solo, ni siquiera cuando salía de campamento con sus amigos permitía que alguien entrara a su tienda, y ahora tendría una cama King Size a su disposición y a una mujer en ella.

—Puedo ofrecerles la suite Flor Silvestre. Es la única con chimenea. Las noches acá son heladas y en el pueblo no van a encontrar habitación con calentador —dijo la señorita de recepción y, para darles tiempo a decidir, se dispuso a reacomodar una serie de suculentas que adornaban su escritorio.

¿Por qué elegir un hotel se puede volver un asunto tan penoso?, pensó Mar mientras se le iban y se le venían los colores a la cara. Era como si le preguntaran cómo quiere hacer el amor con el joven, en una sábana blanca o en una beige, en una cama que rechina o en una recién aceitada. Ambos habían entrado y salido de hoteles diversos, pero ahora el asunto se teñía de tal intensidad que los hacía sonreír y hablar con oraciones cortadas. ¿Y si ronca? ¿Y si me gruñen las tripas? ¿Y si no puedo ir al baño?

A ella la asaltó la duda de si lo mejor sería pagar dos habitaciones, así podrían dormir por separado y verse cuando hiciera falta. Pero cuando giró hacia atrás para buscar a Alejo, él levantó la vista del celular y dijo:

—Yo invito el hotel, tú las comidas.

La señorita de recepción interrumpió el arreglo de las suculentas y escribió a mano Alondra Ruiz en una papeleta, nombre que Mar improvisó para registrarse.

La llave era grande y antigua, de metal oxidado. Como la que usaba la bisabuela Longina para abrir el cajón del tocador, pensó en cuanto sintió la llave en las manos, aunque ésta ostentaba tres ribetes en el cabezal con el número nueve grabado en un listón color vino. Cuando cruzaron el patio creyó que encontrarían un pozo como en la casa de Belén, pero una bugambilia alta, color rosa, les dio la bienvenida. Dos pasos delante de Alejo, deseó tanto llevar un vestido puesto, no su ridículo pants negro y afelpado.

El sudor de los cuerpos se ha evaporado ya. La señorita de recepción tenía razón, hace frío. Es tiempo de levantarse de la cama y encender la chimenea, pero los dos siguen perdidos en su mutuo reconocimiento. Largos y bellos en su imperfección, se ven como si no se hubieran visto nunca.

Mar admira el pecho plano y amplio de Alejo, los pezones pequeños. Se sabe capaz de contar el número de costillas que se dibujan en su costado. Él se embelesa en la curva que cae en hondonada y que marca en ella el paso de la mandíbula al hombro, línea que se prolonga en un brazo y concluye en una mano abierta en lo alto de la cadera.

—Tus piernas —murmura Alejo, encantado.

Mar se siente Sherezada, puede contar durante mil y una noches la historia de sus piernas, las veredas de antes que la trajeron aquí: he caminado completo el desierto del Sahara, quiere mentir; he recorrido la Muralla China, he trepado tres veces la Pirámide de la luna; el Everest, la Torre Eiffel, y puede inventar mucho más. Mientras, de tanto verla, Alejo cree que mira otra cosa, algo como un cielo ancho.

Hace apenas unas horas, con un gesto nuevo que sabe a gesto antiguo, Mar le dio otra vez las llaves del Pointer y recargó la cabeza en su hombro. Ella ignoraba que entregar las llaves de su auto fuera uno de los tantos nombres de la felicidad. Él arrancó y ninguno de los dos preguntó a dónde. Sólo acordaron cuatro cosas:

salir de Cielo Cruel,

tomar carretera,

sábado y domingo,

no volver la vista atrás.

Mar desenrolla del cuello su pashmina amarilla y la extiende sobre la mesa recargada en la pared. Ese gesto tiene algo de prodigio: la mesa se convierte en la zona donde toman café, donde beben una copa de vino. Poco a poco, un similar efecto se produce alrededor, con los demás muebles. Minuto a minuto transforman una habitación anónima en un hogar por dos días.

Alejo saca de su mochila un par de pantuflas de lana y amonesta a Mar por andar descalza en las baldosas frías. Ella tiene la impresión de que es un joven sabio, un chico previsor que le da lecciones de vida, arraigos de realidad. Cierto, debía traer unas pantuflas o, por lo menos, unos calcetines gruesos. Acompañada de él, se percibe llena de paciencia. Su torpeza o indecisión ante cuál botella de vino elegir, el tipo de pan o el queso que debe comprar, la colma en ternura y le estalla una risa limpia cuando él llega con un queso fresco, dos bolillos duros, un litro de vino para consagrar y una expresión de lo siento, no había nada más.

Pero ni el queso ni el bolillo ni el vino en verdad importan, ella se sabe capaz de aclarar las dudas de él con tan sólo despejarle el cabello de la cara o con pasarle el dedo índice a lo largo de la nariz. Es un poco la esfinge griega que interrogó a Edipo, pero al revés, en vez de formular preguntas puede brindar las respuestas. Y así sucede, así ríe ante sus propios pensamientos, pero no cuenta el motivo de su risa.

Deja su pequeña maleta dentro del clóset como para decirle acomoda tus cosas donde quieras. Coloca su celular encima del buró del lado derecho de la cama para decirle te toca el otro lado, algo semejante sucede cuando toma una ducha o cuando sacude una almohada.

—¿Lo vamos a hacer aquí? —interroga él más tarde, cuando están recostados en la alfombra. Indaga y la besa al mismo tiempo, pregunta con los labios en los ojos de Mar, pregunta en su nariz, en sus mejillas, en su cuello.

Ella alza los hombros. Bien sabe que sí, van a amarse donde haga falta renombrar el mundo:
la silla,
la mesa,
la alfombra,
la cama.

Se suelta del abrazo. Inicia una danza —de tambores, de sonidos de olas, de murmullos de gaviotas—, parece una serpiente que, blanda y ondulante, emerge de una canasta de mimbre. Cruza un pie frente al otro y estira las rodillas, desdobla las piernas, serpentea la cadera hacia la izquierda y carga los hombros hacia la derecha. Entera y franca se muestra a Alejo, quien se queda recostado en la alfombra. Se dirige hacia la mesa por la botella de vino y regresa. En una maniobra puntual extiende un camino de vino que corre de la boca de él hacia el resto del cuerpo y, con la lengua, lo consagra.

Durante dos días su alimentación es a base de chilaquiles y café. Chile verde, rojo, chipotle, aguacate, queso, crema. Al pueblo lo divide una única calle empedrada que transitan de ida y vuelta. Ven los puestos donde venden pomadas y aceites de peyote, se prueban pulseras de chaquira, dijes con el ying y el yang, huelen jabones hechos a base de orégano y miel. Mar elige un venado tallado en madera que piensa colgar en el espejo retrovisor del Pointer, Alejo compra una bolsa de chocolates para mamá Sofía. Por la tarde, cabalgan hacia el cerro del Quemado en dos caballos tan pequeños que tienen la sensación de montar dos burros.

—No pierda confianza, señito. Estos caballos son de los buenos. Este mero que usté trai, el Caprichoso, es artista de jolywud. Salió en la película de Julia Roberta —asegura el caballerango cuando recorta el estribo—. No lo va a creer, pero trajeron hasta acá caballos grandotes, pura sangre, pero por más que los arriaron pal cerro no quisieron subir. El único que subió fue el Caprichoso.

Mar busca a Alejo, ríen con la mirada. Caballos listos, piensa ella, para subir esas veredas de lajas resbalosas no necesitan indicaciones, conocen la ruta. Es más fácil y seguro abandonarse a la sabiduría del animal que modificar su rumbo.

Alejo suelta los estribos, le quedan cortos, le resulta más cómodo cabalgar sin ellos. A veces se adelanta, a veces se queda atrás.

—Ellos también andan como nosotros —le dice a Mar, refiriéndose a la otra pareja de turistas que viaja con ellos.

163

—¿Cómo? —indaga ella, aunque sabe perfecto a lo que se refiere. Pregunta por el puro placer de oír qué palabras elegirá para nombrar aquello que sucede.

—Así, nada más —Alejo proyecta los hombros hacia adelante como para decir un así, cabalgando; o un así, aprendiendo a estar.

Durante el resto del trayecto no les hace falta verse para entender que comparten el asombro, la belleza del precipicio que se abre a su paso conforme ascienden a través del paisaje árido, lleno de yucas y gobernadoras.

Alrededor de una hora después, desmontan.

—El siguiente cacho es a pie —el caballerango señala con la barbilla hacia arriba mientras ata las riendas de los caballos alrededor de un mezquite. La otra pareja de turistas aguarda su turno para desmontar—. Allá es donde el tlacuache robó el fuego a los dioses porque los tatas morían de hambre y frío. Ustedes entren por esos círculos de piedra, son el camino. Acuérdense que el mero centro es la cuna del abuelo sol.

Respetuosos, avanzan entre cada uno de los círculos. Ninguno de los dos lleva una ofrenda para depositar en el centro, ninguno formula una oración o pronuncia un deseo. Sin pensarlo, se toman de la mano y cada uno agradece a su manera: Mar recuerda un poema de Rimbaud que habla del sol y la eternidad; Alejo, la canción con la que se imaginó al lado de una mujer, *one of these mornings you're gonna rise up singing*. Ambos se adentran en la majestuosidad del momento. Donde el fuego nace, han llegado al lugar.

Una vez, cuando buscaba material de consulta sobre historia del arte en la biblioteca, Alejo se topó con uno de los libros de Heráclito. Estaba enterado de las explicaciones de Tales de Mileto acerca de cómo el agua era el origen del universo o de cómo Anaxímenes consideraba el aire como el elemento primordial, pero Heráclito lo sedujo con su teoría del fuego como principio de todas las cosas.

Si desde niño ya profesaba una suerte de atracción al contemplar una fogata o una llama encendida en la estufa —y Patis lo perseguía por la casa para quitarle la caja de cerillos con la que jugaba—, después de leer a Heráclito el fuego adquirió un rango distinto. Desde entonces, una fuerza primaria lo hermanó a él.

Conforme acomoda la leña en la chimenea, Alejo tiene la certeza de que despierta un viejo mito: el nacimiento del sol en un cuarto de hotel de paredes blancas. Al encender y apagar varios fósforos, al provocar la aparición de la primera chispa, prolonga las palabras del caballerango. Desde que tomó la mano de Mar en lo alto del cerro del Quemado, se siente un poco el tlacuache de la leyenda que robó el fuego a los dioses para llevarlo a una mujer. Ante el subir y bajar de las llamas, ante sus tonos color naranja, azul, rojo, de donde parecen surgir lobos, águilas, tecolotes, percibe un calor que lo envuelve.

Un poco tlacuache, un poco Prometeo, piensa cuando hace aire con un pedazo de cartón para avivar las llamas. Al final todos los mitos cuentan la misma historia, el cómo y por qué se llega a un aquí. Pero cómo y por qué se halla él en esta circunstancia, sintiéndose tlacuache, custodio, guerrero, es algo que no puede definir ni quiere pensar.

Cuando el fuego se extingue se convierte en agua, recuerda haber leído en el libro de Heráclito, y él quiere consumirse en Mar. Se encamina a la cama donde ella lo aguarda. Un poco tlacuache, un poco Prometeo, un poco el primer hombre sobre la tierra. Fuego y agua, ¿qué más?

Ella abre las sábanas para dejarlo entrar. Lo paladea tan tibio y tan fresco a la vez que tiene miedo de estar delirando. Algo lo reviste, un aura mana de su cuerpo joven y le inunda de cristales luminosos el cabello, y esa aura —a manera de séquito o estela— le marca los músculos de los brazos y de la espalda, le subraya el torso, le traza las piernas.

Parpadea varias veces. Si alucina, ¿cuál es el problema? Imagina lo que Belén diría si pudiera verla en esta situación: y éste, ¿quién es?, preguntaría refiriéndose a Alejo, mientras ella se dejaría llevar por una risa mansa como la de su madre cuando buscaba mostrarle a su padre una vida feliz al lado de Soledad.

Aprisiona la cadera angosta entre sus piernas, revive estremecimientos de antaño conocidos. Se saca la sudadera negra afelpada con la que se protegió del frío. Un sol nuevo, recién nacido, arde en el rostro de Alejo cuando se hunde en los pechos de Mar. Minutos después, cuando por fin logra separar su piel de esa piel, un correr de fiebre le tirita el cuerpo, justo cuando en sus ojos sonrientes, en brasa viva, Mar encuentra nuevamente el mar.

Por la noche duermen juntos, sin abrazarse.

Cuando Alejo cree que Mar está dormida, descansa la mano en su muslo. Con la palma abierta paladea su piel, pierde la noción del tiempo.

—Te quiero —se escucha en algún momento en la habitación.

El tic tac de un reloj de cuerda que cuelga en la pared, y que ninguno de los dos había visto ni escuchado con anterioridad, marca la repentina rigidez del momento, acompaña la espera de Alejo, la zozobra de dos palabras que pronunció fuera de lo previsto, el reclamo de una respuesta.

—Te quiero —responde Mar, pero es el romper de un eco que llega con retardo.

Alejo besa la frente de Mar. Ella devuelve el gesto. Enseguida se acomoda en el lado derecho de la cama. De súbito triste, se recuerda culpable. Alejo no entra en la categoría de no-marido y eso, en vez de conducirla a él, le remueve infantiles temores: ¿de verdad no tuvo que ver con la muerte de los abuelos?, o aquella chica abandonada en el altar, ¿no fue ella la causa por tocar su vestido de novia?

Nunca ha querido ser culpable, pero bien que lo es. Sus piernas no hacen más que engañarla, mostrarle de qué está hecha. Ella condujo a Alejo al billar, le entregó las llaves del Pointer. Ella compró la paleta de chocolate, lo guio a su departamento, eligió el hotel.

—No debes seguirme —dice en un murmullo—. Una maldición me acompaña desde niña. Llevo un nombre de villana, le hago daño a la gente.

—¿Nombre de villana? —interroga Alejo con incredulidad. Está bromeando, es eso. Se incorpora para verla mejor, recarga la espalda en la cabecera de la cama.

—Es como un tatuaje en mi cuerpo. Si pones atención, podrás notarlo, algo está mal en mí. Cuando fui a conocer el mar, quise deshacerme de ello, pero no lo logré. O creí que sí lo había logrado. De hecho, lo olvidé. Durante años, me he dejado guiar por mis piernas, por mi piel despierta. Así me conociste —Mar fija la mirada en las vigas del techo—. Quise decírtelo antes, no pude.

—Ven acá. Tú no tienes tanto poder, nadie lo tiene. Un nombre es sólo un nombre, no significa más que eso —Alejo tiende los brazos hacia ella.

Mar sigue volcada en su adentro. Una vez que se llega al final de un camino, ¿qué sucede con la búsqueda?, se interroga. ¿Para qué prolongar un encuentro si el deseo se le ha escapado ya de la boca, si el deseo se le ha corrido ya por las piernas? ¿Qué hace aquí, en esta habitación? ¿Por qué se detiene?

—¿Te das cuenta de lo que dices? —él insiste—. Es sólo una idea que puedes cambiar por otra en cualquier momento. Tu nombre simboliza agua y el agua crea.

Mar sabe que no tiene caso contar los detalles o explicar sus temores, el reconocerse villana seguirá en la médula de sus huesos como una herida negra, viva. Nadie, nunca, podrá creerle, ni siquiera él. ¿Por qué supuso lo contrario? Tal vez soy como Casandra, piensa, la que rechazó a Apolo, a la que nadie creía sus visiones.

Sí, es consciente de lo absurdo que resultan sus palabras. Ella también dudaría si alguien le viniera con ese cuento. Por eso, lo mejor es el silencio.

Una sonrisa breve se dibuja en sus labios. Pasa las manos por su rostro para deshacerse de algo que la deja aparte. Rueda hacia el centro de la cama, hacia él. Incluso asiente. Alejo la abraza, le besa la frente otra vez. La besa y la vuelve a besar.

Severino examinó el legajo cosido: expediente de la señorita Belén Díaz de León, veintidós años. Dio una mordida al queso de tuna que le dejaron en el escritorio y disolvió un chorro de miel en el té de manzanilla, el estómago le dolía de hambre. Estaba cansado, tenía los músculos molidos. Durante la noche había viajado en la parte trasera de una polvosa Ford que rechinaba como traste viejo. Aunque intentó conciliar el sueño, no pudo hacerlo, iba apretujado entre dos hombres de sombrero ancho, cargando su velís en las piernas porque no había espacio entre los costales de frijol y las gallinas.

Desabrochó el primer botón de la camisa, alargó el cuello para aflojar la corbata. Las cuarenta hojas del expediente formaban una colección de quejas variopintas, escritas con caligrafía distinta. Algunas hablaban de abuso de autoridad, otras de castigos. Nadie sabía cuál era la hora de entrada o de salida a la escuela porque la señorita Belén adelantaba o atrasaba las actividades a su antojo, la señorita Belén lanzaba gises a la cabeza de los alumnos, los mandaba a casa con chichones o con el cuerpo entumido de dolor de tanto permanecer hincados con los brazos abiertos; otros se quejaban de su cabello corto, de su manera de vestir, de su casa llena de libros, de su soltería. El colectivo de profesores y padres de familia exigía su renuncia inmediata o, por lo menos, su transferencia a otra escuela. Nadie hablaba de ineficiencia o de falta de preparación para impartir una clase, evaluó Severino mientras bebía un trago de té para apaciguar el gruñidero de tripas.

Por la mañana, lo recibió la directora. De inmediato lo condujo hacia el salón que hacía las veces de oficina y lo actualizó en cuanto a una serie de rumores que escuchó atento, pero que aún ignoraba cómo interpretar. La gente atribuía costumbres maléficas a la señorita Belén. A medianoche, la habían visto bañarse en el patio de su casa con tinas de agua que ella misma, con fuerza de hombre, acarreaba del pozo. Desnuda, bajo la mirada de una lechuza, refregaba su cuerpo con la grasa de jabones hechos a base de hierbas y ceniza de panteón con los que obligaba a los alumnos a lavarse las manos. Y ni el agua helada ni el viento la mortificaban, muy al contrario, eran la causa de que sus labios no supieran dibujar una sonrisa.

El colmo fue lo de la semana pasada, una conducta a todas luces inapropiada, sin explicación ni precedente. Comportamiento por lo que la directora se permitió enviarle un telégrafo a él, el nuevo inspector de la zona, con fama de justo, de familia honrada, como los Buendía. La desvergonzada de la señorita Belén llevó a cabo una ceremonia —o una sesión de brujería— enfrente de todos. Exigió a los alumnos avanzar de dos en dos desde el salón hacia el patio central, mandó encender una fogata con leños de pirul mojados en quién sabe qué sustancias malditas y arrojó la bandera al fuego.

A la segunda mordida del queso de tuna, el estómago de Severino volvió a gruñir. Al final del expediente había un anexo donde la señorita Belén explicaba sus razones. Con una caligrafía a base de ganchos y volutas, decía que con aquel acto intentaba promover una ceremonia oficial, honorable y cívica, que brindara un final honroso a una bandera vieja. Citaba algunos pasajes de Platón donde hablaba de la importancia del alma y concluía aseverando el carácter animista de los objetos. Si al morir los humanos gozaban del derecho de ser enterrados bajo tierra, como símbolo de la nación, el periodo de vida de una bandera también alcanzaba un fin que exigía ser tratado con respeto. Agregaba, para su defensa, que ni ella ni los alumnos vulneraron la bandera nueva que había llegado de la capital a reemplazar a la anterior.

Severino alzó la vista. La bandera nueva estaba resguardada dentro de un mueble de madera rectangular con puerta de vidrio.

—Manden llamar a la señorita Belén —dijo a la directora.

Había planeado ya un par de preguntas.

Tres días antes del nacimiento de Belén, Longina empezó a tomar albahaca y orégano machacado. Las manos gruesas de la partera le embarraron el cuerpo de grasa de pollo y le sobaron con cuidado el vientre negro, entre redondo y picudo. De vez en vez, la partera se enjuagaba el paladar reseco con un trago de aguardiente que escupía en los sahumerios de madera dispuestos alrededor de la habitación. Entre murmullos de cantos orientaba a la criatura por el camino correcto, rezando a los cuatro vientos para guiar la cabeza hacia el túnel de carne viva por donde debía bajar.

No sólo Longina y la partera sudaban, también un Leopoldo inquieto, entre iracundo y encandilado por los sucesos, observaba desde un sillón. El movimiento constante del pie izquierdo recargado en la rodilla derecha evidenciaba su impaciencia, deseaba apoyar a las mujeres con igual intensidad que anhelaba salir de ahí para refugiarse en una cantina. Pero si años antes se perdió el nacimiento de Margarita por estar cerrando negocios en otra ciudad, eso no le volvería a pasar. Además, estaba seguro de que nacería un hombre, alguien que continuara la estirpe Díaz de León.

Varias gotas escurrían del techo. Al estrellarse contra el piso y los muebles, dejaban un rastro a manzanilla y caléndula. Entre contractura y contractura, Longina procuraba aspirar ese aroma. Mordiéndose los labios, pujaba en la cama, tragándose los gritos con dignidad, aunque se sintiera abierta y partida por un machete, como pollo desplumado encima de un tronco.

Para prepararle los músculos y calentarle todavía más el cuerpo, la partera la incorporó. Abrazándola por la espalda, empujó las nalgas, dobló y separó las piernas hasta hincarla en el colchón. Le acomodó las manos en los barrotes de la cabecera como advirtiéndole, de aquí debes sostenerte. Con un chistido y un movimiento de la cabeza, instó a Leopoldo, dijo encuérate con voz impávida, como si ordenara traer otro juego de toallas limpias.

Bajo la mirada nublada de Longina, quien tenía unas ganas tremendas de empujar de un tirón aquello que la torturaba, Leopoldo tardó unos segundos en reaccionar. ¿Esa vieja bruja se dirigía a él? Giró la cabeza de un lado a otro para cerciorarse, no había nadie más. Al levantarse del sillón, los dedos se le entumieron. Imposible desabrochar los botones de la camisa, trastabilló al sacarse el pantalón. Al acercarse a la cama, una mezcla de asco y sobresalto le abrió la boca mientras un frío intenso corrió por sus ingles cuando la partera le mesó los vellos y le embarró el sexo de grasa, evaluando su grosor como quien pesa una fruta para calcular su peso, su madurez, la calidad del jugo.

Cuando lo consideró oportuno, la partera ofreció a Leopoldo un pomo de vidrio lleno de manteca de cacao y jengibre. Tres días seguidos había pasado un blanquillo por el vientre de Longina y, al colocarlo en el fogón, el blanquillo sudaba. Aquello era una señal indiscutible: las entrañas de la madre se sacudían de frío, había que calentarlas.

Con un buen bonche de manteca, la partera guio al hombre hacia la entrepierna de su mujer. Juiciosa, con su mano huesuda encima de la mano de él, lo instruyó a estimularla para dilatarla mejor. Entre ambos esparcieron el ungüento en círculos grandes, pequeños, grandes, pequeños. Quién sabe por cuánto tiempo, Leopoldo se debatió entre el apetito de amasar la carne cálida y tirante de su mujer, y las ansias de sacudirse la mano de la partera que le recordaba el abdomen de una lagartija.

Rato después, la partera le ordenó montar por atrás a su mujer.

—Pero no seas bruto —amonestó con la voz seca.

De tanto frotar con las palmas abiertas los pezones morenos de Longina, de tanto moverse despacio adentro de una cueva que a cada segundo se ensanchaba, Leopoldo sintió que el techo del cuarto se le venía encima de la espalda y no podía sostenerlo. A la vez, Longina contraía y expandía el útero con un ritmo regular, con mayor dominio de la situación, mientras una sensación parecida a un correr de gozo comenzaba a bañar su pelvis.

Atenta a cada una de las muecas y los quejidos de los esposos, leyendo algo en el aire que sólo ella detectaba, la partera pasó un blanquillo arriba y abajo, a los lados, alrededor del vientre, pero esta vez no tuvo tiempo de llevarlo al fogón, se reventó en su mano. La cabeza de la criatura descendió, expulsando a Leopoldo, y fue cosa de tomar la cabeza para ayudar a salir el resto del cuerpo.

—¿Qué es? —con la voz rota, aún abrasada por la buena dosis de dolor y gozo que recién acababa de expulsar al mundo, indagó la madre, temerosa de haber arrojado una serpiente en lugar de un niño.

—Una hembra —masculló la partera mientras cogía a la recién nacida por los pies para mostrarla a sus padres como quien exhibe un conejo güero, recién cazado.

Luego de acomodarla en el pecho de la madre, la partera azotó la placenta contra la cama, contra el sillón, contra el ropero, mientras murmuraba con voz monótona: tú crecerás en esta casa, aquí amarás, formarás una familia, aquí morirás. Dos días después, la pequeña recibió su primer baño hecho a base de agua de pozo serenada para templarle las entrañas y, quince días más tarde, Leopoldo enterró el ombligo bajo la sombra del laurel.

Y así es como Belén fantaseaba la historia de su nacimiento. Como bautizo, las ansias de su padre y el placer desovando la entrepierna de su madre.

Cuando Severino vio a la joven pálida y enlutada traspasar la puerta de la dirección con un girasol en la mano, quedó impresionado por su presencia y no pudo formular pregunta alguna. Conforme se aproximaba al escritorio, se incorporó del asiento hasta quedar de pie, frente a frente. Notó la dureza de los rasgos que le aumentaban la edad, los pómulos marcados, la mandíbula apretada, el ligero palpitar en los labios quietos. Al escudriñarla directo a los ojos tuvo la sensación de que el ánima de la maestra emergía de su mirada celeste para entrar a su propio cuerpo y que, dentro de él, le estrujaba el corazón para enfermarlo.

Mar recuerda su sueño con precisión. Sus piernas alentándola a seguir hasta tomar impulso y elevarse por encima de Cielo Cruel. Las paredes de las casas corriéndose ante sus ojos, empujándose hacia abajo para exhibir un cielo ancho, azul. Desde arriba, los techos lucían desiguales; la mayoría pintados de rojo, otros de gris. Algunos de ellos, en museo abierto a las nubes, exhibían cuadros de Francisco Goitia o de Pedro Coronel.

Su tarea era perseguir el viento.

En un vuelo seguro, sin interrupciones, trazó círculos alrededor de la antigua Plaza de Toros. Descendió hasta casi rozar con su vientre el acueducto. Avanzó hacia adelante, hacia atrás, a voluntad. Atravesó el parque para seguir por la calle adoquinada. Miró de reojo los Portales, las cafeterías y aterrizó en una de las torres de Catedral, a un lado de las palomas.

Y ahí despertó.

Piensa en vestir la ropa de Belén, pero cada vez que intenta salir con la blusa y la falda puesta, siente que una mano gigante aparece de la nada y la regresa a cambiarse. Hoy reemplaza su saco azul marino y el pantalón de mezclilla por un vestido verde olivo de manga tres cuartos y sin escote, el largo cubre las rodillas.

Se maquilla poco, no quiere verse demasiado arreglada. Deja el cabello suelto para que se acomode a libertad, que se electrice, se encrespe o se alacie, que acompañe al clima. Comprueba la hora en el microondas, tiene tiempo de sobra. Una noche antes quedó de pasar por

Roberto, el profesor de biología con nariz a lo Adrien Brody. Irán a desayunar a un restaurante del centro y de ahí a la universidad, tienen clase a la misma hora.

Llena su termo de café y se encamina a la sala para echar un vistazo al portafolio. Para exponer la pintura de Alexandre Cabanel necesita también el libro de *Fedra*, de Racine. Óleo sobre lienzo, 1880, academicismo. Siente una especial atracción por la protagonista de Cabanel. La pintura recrea la sutileza, el momento supremo de la tragedia, cuando Fedra se desvanece en un diván e indica con ese gesto un ya no puedo más: su hijastro Hipólito, varios años menor que ella, la ha rechazado; su esposo Teseo no está muerto.

Ha resistido la tentación de contactar a Alejo, aunque revisa el WhatsApp con frecuencia y se queda en pausa, aguardando el "en línea" de él. Después de aquella escapada de fin de semana, no ha pasado nada más. *¿Querías un amor de película, Marecita? ¿Alguien que te hiciera sentir viva? Sucede, mi niña, que algunas historias no tienen final feliz,* como si se hubiera escapado del oráculo retrato, la voz de Belén la acompaña.

A pesar de que se siente decaída, celebra el entusiasmo de Brody ante la barra de postres, titubeante entre la variedad de panecillos, galletas y gelatinas, mientras habla de los alimentos transgénicos y de cómo han sido satanizados sin tener un verdadero conocimiento sobre el tema.

—Con los transgénicos podemos aumentar la producción de alimentos y combatir cualquier hambruna —sostiene en la mano un plato blanco, extendido, gira hacia Mar—. ¿Concha de chocolate o pay de queso y zarzamoras?

—Los dos —responde ella y atrapa con el tenedor un trozo de sandía. *Y ese Alejo, si pudieras verlo como yo, verías a un chamaco asustado con pantalones flojos y tenis sin calcetines. El corazón no se fija en eso, lo sé, menos el tuyo, tan puesta como has estado a enamorarte sin pensar en las consecuencias.*

Antes de marcharse del restaurante, Mar pasa al baño, y en una sucesión de movimientos continuos —en lo que abre el portafolio, extrae una bolsa con una pasta de dientes, gira la llave del lavabo y se mira en el espejo—, la palabra ausencia se vuelve una mano que cubre su rostro.

Crees que una maldición te persigue. La verdad es que ni tú te entiendes, no sabes qué hacer con lo que sientes por ese muchacho. Por eso estoy aquí. ¿Creías que me habías olvidado?, ¿que sólo estabas conmigo cuando consultabas mi retrato? Óyelo bien, por esta única ocasión mi voz te sigue, aunque no puedo quedarme contigo por mucho tiempo, debo estar con tu abuelo Severino.

¿Sabrás escucharme?

Cuando enciende el Pointer percibe el aroma de Alejo. Sin detenerse en la mirada indiscreta de Brody, quien la interroga en silencio desde el asiento de copiloto, se huele los brazos, estira la tela del vestido para oler la ropa. *¡Qué afán, Marecita! Desde hace una semana no tienes noticias de él. Se supone que dios creó el universo en siete días y tú sigues aferrada a algo tan pequeño. Déjalo ya. No seas boba, mi niña, no seas boba. Si pudiera tocar tu cabello, lo haría. Si pudiera abrazarte, te regalaría uno de esos higos que tanto te gustaban o te prepararía un chocolate caliente con una pieza de pan. Piensas que ese chamaco está contigo. Te lo diré como es, a estas alturas ya se olvidó de ti.*

Arranca cuando el motor lo indica. Maneja entre las calles de Cielo Cruel con la plática de Brody como música de fondo: los transgénicos, las hambrunas, la paz mundial. Tiene suerte, encuentra espacio libre para estacionarse frente a la universidad. Bajan del auto. Saludan a un par de colegas. *No, mi niña, no confundas un fin de semana con amor. ¿Por qué creías que contigo sería diferen-te? Si pasan los días y las horas, ¿por qué no has de pasar tú también?*

¿Entrada o pasillo? Analiza la escena. *Si eliges la entra-da, el muchacho ese por el que tanto suspiras tendrá que verlos, no hay otra manera de llegar al salón. ¿De frente? ¿De lado? ¿Espalda? Decidas lo que decidas, sólo hay dos caminos: víctima o villana; y tú, mi niña, con maldición o sin ella, nunca has sido una víctima.*

[Señoras y señores, damas y caballeros, primera lla-mada, primera]

Mar detiene a Brody frente al salón de clase. Le aca-ricia un hombro, le pasa la mano por el cabello. Se para en puntillas para dejarle un beso en la frente, otro en la punta de la nariz. Él se deja envolver, cree que por fin su oportunidad ha llegado. La desea desde la primera vez que la vio caminando por los pasillos con un termo en una mano y una pila de libros en la otra.

A ella no le incomoda ser el centro de atención de los estudiantes que andan por ahí; la chica francesa de inter-cambio escolar espera sentada en un escalón, la mujer que suele tomar notas en la pantalla del celular recién le ha dicho buenos días. Le da igual si de oreja a oreja o de celular en celular corre el rumor de que sale con el profe-sor de biología. Entre el pulgar y el índice extendido en forma de ele, imagina que encuadra el ángulo de la esce-na. *¿Vas a jugar a ser actriz?, ¿quieres representar un papel distinto a lo que eres?*

Recuerda un cuento donde un pingüino, empeñado en volar, se hace pasar por un hombre bala y se mete dentro de un cañón en plena función de circo. *Pues esto es puro circo, Marecita, teatro al más puro estilo. ¿No te das cuenta? Tus sueños te lo han dicho ya. Eres necia y no quieres escucharlos. Despierta, no eres el pingüino del cuento, no te transformarás en ninguna mujer bala.*

[Señoras y señores, damas y caballeros, segunda llamada, segunda]

Toma con ambas manos el rostro de Brody, lo anula con ese gesto, quiere que el foco de atención recaiga en ella. *Te has equivocado muchas veces, sí, pero ya eres una mujer. Cara arriba, como todas las mujeres de la familia, cara arriba.* Alejo avanza por el pasillo.

[Tercera llamada. Comenzamos]

Mar besa a Brody con los ojos abiertos. No lo mira a él, no ve sus párpados caídos ni su nariz levantada, aguarda a Alejo, registra su reacción: la sorpresa que le levanta las cejas y le agranda aún más los ojos de beagle, la desilusión que le tira la mandíbula hacia abajo, el gesto que parece una sonrisa y que surge poco después.

Sin renunciar al beso, Mar alarga la vista otro tanto, cruza la mirada con Alejo y vuelve a ver en sus ojos el mar, un sobrecogimiento le estruja el alma. Un segundo después, no reconoce el sabor de la pasta de dientes que lleva en la boca ni sus manos que sostienen el rostro del profesor. Arrepentida, da un paso atrás. Se pasa la palma por los labios para borrarlo todo, quiere enmendar lo que acaba de hacer. Alejo ha entrado al salón de clase, haga lo que haga, ya no puede verla. Sólo Brody permanece en su sitio.

¿Qué hiciste, Marecita? Menea la cabeza, se tapa los oídos con las manos. *¿Qué hiciste?* No quiere escuchar más la voz de Belén. Como un primer refugio viene a su mente su deseo de niña: conocer el mar. Un segundo refugio termina por blindarla: su sueño de anoche. Porque ella sí puede volar. No es un pingüino, no es una mujer bala a punto de dar un espectáculo en el circo.

Se despide de Brody con un gesto que no termina de ser un nos vemos luego o un no volveré a buscarte. Él intenta frenarla por el codo, pero su maniobra es tibia, se pierde en el aire.

179

Entra al salón, debe impartir clase. Si la voz le tiembla o las piernas se le aflojan, ya verá la manera de acostumbrarse, de neutralizar la presencia de Alejo. Olvidó bajar del auto su termo con café. Acomoda un cuaderno y la lista de asistencia en el escritorio. Ve el libro de *Fedra* en su portafolio, lo saca. Con reserva —para que nadie advierta las cosas raras que hace la maestra—, se aferra al libro como si fuera una tabla de flotación que le permitirá nadar a lo largo de una piscina de agua turbia. El dolor de Fedra vendrá a cambiarle el transcurso de la mañana. Debe ser así, confía en ello.

Cabanel, óleo sobre lienzo, 1880, academicismo. Busca a Alejo. Para su sorpresa, durante toda la hora que dura su exposición, encuentra el mismo gesto en su rostro: se le ha grabado en los labios algo que intenta ser una sonrisa.

La chica francesa hace varias preguntas. El hombre de corbata azul suelta un extenso comentario sobre la relación entre la pintura y la literatura. Alejo guarda silencio. Con la mirada, sigue a Mar. Cada una de las palabras que pronuncia —si narra otra vez cuando Hipólito rechaza a Fedra—, cada uno de sus movimientos —cuando se toca el cabello, frunce los labios o avanza unos pasos— permanecen en él.

Con esa idea —o con esa sensación— la mantiene aparte, lejos de cualquier desventura que incluso ella misma quiera provocar.

Por la mañana, se colgó la mochila al hombro y caminó hacia la universidad con buen ritmo. Chocó las manos con los compañeros en señal de saludo, giró en una esquina y la vio besando al profesor de biología. Pero lo miraba a él.

Percibió un corte en la garganta, el temblor en las manos. Creyó que un bisturí delineaba su corazón y lo desprendía de su pecho. Apretó tanto el asa de la mochila que los nudillos se le volvieron blancos. Al pasar a su lado, sintió que había tragado cuatro puños de arena. Pero ese beso era ridículo y pequeño. Porque hubo una chimenea en la habitación número nueve de un hotel, porque hubo una pashmina amarrilla encima de una mesa y porque sus pantuflas, las que usa cada noche, estuvieron cerca de la cama donde durmieron juntos. Y porque un sol nació en los pechos de Mar y él tuvo que dejarse arder, y todo eso nadie —ni siquiera ella, ni siquiera él— puede eliminarlo.

—Libertad creativa para la evaluación final —dice Mar como último punto.

La sesión termina.

Cuerpo donde los marineros en tierra señalan el mar.

Desde que escuchó libertad creativa, la idea comenzó a rondar en su cabeza. Metamorfosear la ciudad —el centro histórico, por lo menos—, convertir sus callejones, sus plazas, su alabada arquitectura barroca, en el escenario de un *performance*. Reunir a los amigos de la escuela de derecho, comprar aerosoles, telefonear a los compañeros de artes y natación, conseguir máscaras y dirigir un grupo que hinche la ciudad de mantas blancas. Grabarán poemas, caligramas, máximas de filósofos, haikús, sentencias de grandes pensadores.

No era necesario enturbiar la soledad con el polvo de un beso disuelto.

Con el pasamontañas cubriéndole la boca y la nariz, oculto el cabello por el gorro de la chamarra deportiva, se imagina colgando una manta desde el reloj de Catedral hasta la esquina del Mercado González Ortega. Debido a la proporción de los edificios —la Catedral es más alta que el Mercado—, quedará inclinada, pero ésa será una ventaja a favor para resaltar la voluntad artística, su efecto surrealista. El verdadero tema a resolver es la elección de los versos, las palabras correctas para Mar. La unión entre la Catedral y el Mercado, a través de una manta, representará un grito de amor.

Labios pegados a la noche.

Concentrado en recordar poemas de José Carlos Becerra, empuja la puerta de vidrio para entrar al Starbucks. Se siente excitado, como si hubiera tomado dos caguamas seguidas y no fuera suficiente. Le urge planear, aterrizar su proyecto, el cuerpo le bulle. Debe localizar los teléfonos de los amigos, analizar detalles sin distracciones. Ordena un expreso doble a la cajera. En estos momentos no le importa contribuir con sus setenta u ochenta pesos al enriquecimiento de las transnacionales.

—¿Agregamos un shot de café chiapaneco? —indaga la chica de pañuelo verde.

Alejo levanta las cejas, indeciso. Tarda en responder más de lo habitual, está enfrascado en sus pensamientos. Debe hacer que la primera manta haga eco, resonancia, no sólo en Mar, sino en la demás gente. Pretende el inicio de algo que llegue en cascada. Algo grandioso tocará a Mar, algo bueno se desprenderá de ella y se extenderá a su alrededor. Algo de nombre impreciso hará renacer la necesidad de un abrazo, de una caricia y, cada día, los habitantes de Cielo Cruel aguardarán el hallazgo de un nuevo poema, la aparición de la siguiente manta en el crestón de la Bufa, en la entrada del museo Pedro Coronel, en el teatro Calderón, en Palacio de Gobierno. Su rabioso grito de amor se volverá tendencia en las redes sociales y, de tan inesperado, opacará cualquier otra noticia, incluso a la nota roja.

—¿Por cincuenta pesos adicionales le agregamos la promo del día: dona de chocolate o galleta de avena? —continúa la chica de pañuelo verde.

—Una galleta, por favor.

Sí, le caerá bien, son cerca de las tres de la tarde y no ha desayunado. El día se le ha ido en vueltas aquí y vueltas allá. La adrenalina genera hambre, el pensamiento gasta calorías. ¿Y el dolor? No, ya no percibe el mínimo resabio de dolor. Busca en el celular una de sus playlist y envía la canción "Almost Blue" al chat de Mar.

—¿Tu nombre? —interroga la chica con un vaso de cartón en una mano y un plumón en la otra.

—¿Cómo te gustaría bautizarme? —escudriña directo a los ojos de la chica. Entre intrigada y divertida, ella sonríe, cree que el joven coquetea.

Alejo chasquea los labios, niega su imprudencia con una inclinación de cabeza. Habló por instinto, por no volver a quedarse callado y parecer un idiota. Sigue pensando en las mantas. No tendrá problema para ascender a la torre. Suele tomar su expreso frente a los ventanales de la cafetería que está a un costado de Catedral y ha visto al sacristán subir al campanario a través de un acceso angosto. La puerta de entrada es de madera vieja, protegida por un candado fácil de vulnerar. Desde la base del campanario, dejará caer una soga con una orilla de la manta hasta la altura del reloj, o más abajo.

La parte difícil será el Mercado, calcula unos siete metros de altura. Necesitará un arnés y más soga para escalar su pared de cantera.

—Te bautizo como Zaratustra —reta la chica de pañuelo verde mientras escribe con un plumón en el vaso—. Tienes cara de libro conflictuado.

Alejo no secunda a la chica. Paga el café y se da media vuelta, busca dónde sentarse. Levanta una servilleta sucia de la única mesa libre. Con las manos empuja varias moronas de pan y granos de azúcar. Jala la silla y anota en una hoja de su libreta: Catedral, cuarenta y cinco metros de altura del piso a lo alto de la torre, ¿o cuarenta y siete?; reloj, veinte metros, aproximadamente; Mercado González Ortega, siete.

Revisa el WhatsApp, Mar no ha escuchado la canción. En la pantalla, sólo aparece una palomita gris.

canta, bonita, canta, *correremos en el bosque mientras el lobo no está*, con Sole es así, un correr y no detenerse, y yo no sé de dónde viene, de dónde emana, por qué cuando estamos juntas aparece así nomás, Sole afirma que la risa nace de las ganas y entorna los ojos y dice canta, no importa cuál, canta, bonita, y si me quedo en silencio, eligiendo una canción, luego luego su cara de pocos amigos, *porque si el lobo aparece a todos nos comerá*, aunque siempre está pendiente de hacerme feliz, yo soy un semáforo precavido, intermitente, en ratos avanzo, en ratos me detengo, me vuelvo roja y mi cerebro se queda en alto, *off*, no anda, por más que busco un botón de encendido, *off*, y ricos escalofríos por mi espalda, un trago de saliva dulce allana mi paladar como si saboreara un helado mientras veo a las niñas jugar a la pelota, porque soy de las que ríen cuando los deberes abruman, cuando hay mucha tarea y no me doy abasto con los fracciones, los sacapuntas, las gomas, soy de las que ríen con el carnicero, con el chico de las verduras, con la señora de la fayuca, porque cuando nací empecé a reír y no a llorar, y ya desde el vientre de mamá Belén ensayaba carcajadas, soy de las que ríen cuando ven películas en blanco y negro, y *tócala, Sam*, mi cuerpo se derrite entre risa de pura tristeza, y *you must remember this*, porque *a kiss is just a kiss*, las mejores cosquillas del mundo las provoca el cascabel, porque lleva trampa, parecido a las cosquillas que me provocaba Fernando cuando, acurrucado en mi regazo, bebía la leche que manaba de mis pechos y yo le

185

decía por el amor de dios, qué barbaridad, déjale un poco a las niñas, pero él no hacía caso, *lobo, lobito*, los maridos existen para ayudarla a una a vencer el miedo, como cuando me pidió que caminara por su espalda con los tacones puestos y yo le dije no me gustan los tacones, lo sabes bien, no entiendo cómo las mujeres se arruinan los pies y la cadera, pero insistió hasta el agobio y empecé a entrenarme, a caminar encima de él, *lobito, ¿estás ahí?*, avanzaba despacio mientras él se quejaba y anda, no tengas miedo, decía, al poco tiempo algo se soltó en mi interior, desde aquí muy dentro, como si botara el seguro con el que cierro las blusas a la altura del pecho, aunque no llevaba seguro ni blusa que sostener, fue difícil, sí, pero me volví modelo en pasarela con los tacones puestos, tatuadora de moretes en una espalda, equilibrista, *¿sí o no?*, las amigas existen para contarse los secretos, soy afortunada cuando Sole luce su cara de pronunciar un discurso ante la mesa directiva de una empresa y abre el estuche que guardamos en el cajón de mi ropa interior y saca uno de los cascabeles, deja a la espera los otros dos, *a kiss is just a kiss*, qué manías se guardan los hombres con las pantaletas de mujer, siempre estoy despierta cuando Fernando me las quita en las mañanas, pero para darle gusto, me hago la dormida, *a sigh is just a sigh*, las primeras en usar un cascabel fueron las geishas, dice Sole y se acerca a la cama, donde yo estoy, *the fundamental things apply*, las geishas descubrieron que ante el esfuerzo por mantener los cascabeles quietos dentro de su cuerpo, las entrañas se les agitaban, en conmoción, *lobo, lobito*, se acerca otro poco a la cama, levanta las rodillas como un flamingo, recuerdo cuando llevamos a las niñas al zoológico y confundí a los pájaros esos con un montón de macetas, *as time goes by*, cuando el emperador regresaba al palacio, reanuda Sole y yo comienzo a acariciarme, elegía a una mujer al cerrar los ojos, dejándose guiar por la sabiduría del oído, *lobito, ¿estás ahí?, ¿sí o no?*, entre los innumerables cuartos, las geishas se adiestraban en producir una música que les brotara desde lo hondo, una música melodiosa, embriagante, capaz de traspasar las paredes del palacio, *'O Sole mío*, ésa es mi historia favorita, pero a veces inventa otra, *sta 'nfronte a te*, las primeras en usar los cascabeles fueron las amazonas, después de cortarse un pecho para tirar mejor del arco descubrieron que para vencer al enemigo necesitaban convertir la música en un canto de guerra, un coro que alcanzara el cielo y obligara al enemigo a soltar las armas en pleno campo de batalla, Sole me mira cuando se mete el cascabel en la boca como diciendo ya sabes de qué va y claro que lo sé, digo sí, sí, sí, digo sí sin dejar de acariciarme, *moonlight and love songs*, Sole hunde las mejillas y los labios se le transforman en pico, mueve el cascabel a un lado a otro dentro de la boca como si chupara una Tutsi Pop, lo saca bien mojado, reluciente, y con sus alas rosas de flamingo extendidas a lo largo, vuela hacia la cama y me encaja el cascabel en medio de las piernas, *jealousy and hate*, ah, me quejo, me lo trago, me ablando en el colchón como cuando horneo un pastel, *lobo, lobito*, Sole me besa en el cuello, dice que las primeras en usar los cascabeles fueron las sirenas, el canto que no escuchó Ulises manaba como agua de una mujer pescado, porque de hecho, *'O Sole, 'O Sole mío*, empiezo a temblar, si lees la Biblia con atención, asegura ella cuando me empieza a brotar mi lado Pavarotti, descubrirás que la primera en usarlo fue Eva, nada de manzanas colgando de un árbol, nada de barro ni de costillas, Eva arrancó la cola de cascabel a la serpiente y se la metió dentro, qué *bella cosa*, luego empezaron a llamarla Lilith, *na jurnata 'e sole*, Sole reinicia, se dirige al estuche, humedece un segundo cascabel, vuela a la cama con sus alas de flamingo para ensamblarme un segundo regalo, y *hay*

187

un sol más bello aún, el sole mío que está frente a mí, de tanta risa nueva, de tanta risa limpia, me vuelvo loca, mis hijas, lloriqueo, *lobo*, ampárame, *lobito*, protégeme, ¿estás ahí?, estuche, cascabel en la boca, vuelo directo hacia mis piernas, ¿sí o no?, por tercera vez Sole repite sus movimientos y yo también me convierto en flamingo, extiendo mis alas rosas bordeadas de negro, grandes y bellas como las de Sole, mientras la garganta se me seca y mi canto se transforma en graznido aflautado encima del colchón,

Fernando se quita los guantes, baja de la Cherokee, se dirige a la casa frotándose las manos, hace vaho en ellas. Es mediodía y, aunque no está nublado, el sol no termina de calentar, una corriente de viento lo obliga a hundir el rostro en la bufanda. En cuanto entra, mira las ventanas empañadas y los cojines de los sillones regados en el suelo, percibe la húmeda tranquilidad del ambiente. Un golpe de calor, un vapor dulce impacta en su rostro y lo obliga a deshacerse de la bufanda, a colgar la chamarra en el perchero.

Oye el golpe de una puerta al cerrar, las risas de mujer, el tintinear de cascabeles. No le avisó a su esposa que llegaría temprano. Olvidó unos papeles y pretende aprovechar la vuelta para cargar los galones de diésel en la camioneta. Por la hora, las niñas deben de estar en la escuela. Escucha el hervor de una olla en la cocina, camina hacia allá. Es raro que Gloria haya dejado la estufa encendida, ella recuerda los pendientes sin necesidad de hacer una lista y no sale a la calle sin verificar que las luces estén apagadas.

Un repicar de cascabeles pasa atrás de su espalda, la estela de ese sonido le borra cualquier apuro, le aguijonea la curiosidad. No ve a nadie. Oye el azotar de otra puerta —¿o es la misma?— acompañado de un coro de risas. ¿Por qué está a mitad de la cocina?, ¿a qué vino?, ¿está borracho? No, lleva más de una semana sin probar un trago de whisky, sólo cervezas, pero las cervezas no cuentan. Lo que le sucede es el efecto Soledad, o eso que siente desde la otra noche, cuando Gloria le regaló su aroma a almizcle. Desde entonces, algo se asienta en su sangre, como jarabe que alivia y contraindica a la vez: temblor, aturdimiento, vértigo. Soledad: olor a almizcle que atiza la enfermedad y no cura, que lo deja intranquilo, o entripado, o enviciado.

—Qué se le va a hacer —murmura, mientras destapa la olla. Un olor a canela, guayaba, piloncillo, mandarina y limón entra en su nariz. Una segunda nube de vapor trepa hacia el techo de la cocina para mezclarse en lo ya de por sí caldeado del ambiente. El olor de su mujer es distinto al de Soledad, más parecido al vino, a una fruta, a un racimo gordo de uvas moradas.

Cuando tapa la olla nota un correr de pies en el pasillo, en la alfombra, el azotar de varios muebles; en la carrera, las mujeres mueven los sillones, las mesas, las sillas. Una puerta se abre, una segunda puerta se cierra. Con un regusto a frutas dando vueltas en el paladar, enfila a la recámara de las niñas. Los cajones de la cómoda abiertos, la ropa desperdigada, las sábanas y toallas en el piso, dos almohadas en la orilla de la cama hundidas por la mitad.

Sale del cuarto, se encamina hacia la entrada, busca en las bolsas de la chamarra la cajetilla de cigarros y se sienta a fumar en la sala. Al siguiente irrumpir de cascabeles, orienta el oído para ubicar el lugar exacto de donde proviene el sonido.

—¡Bah! —dice en voz alta, procurando que su voz suene más alto que las risas. Aplasta el cigarro en el cenicero y avanza a la recámara principal. Gira la perilla, abre.

Encuentra la belleza: dos mujeres amándose en su cama.

cuando abre la puerta puedo ver las cosas con claridad, el deseo se le mete en los ojos, le agranda las pupilas, aunque Sole me da un codazo y dice no te distraigas, yo ya no puedo cantar, Fernando es de los hombres que saben reír con los ojos, no con la boca, porque la boca es para comer, para fumar, para besar, y yo estiro lejos mis alas rosas de flamingo para tocarlo y decirle ven, acuéstate con nosotras, él responde estoy aquí, nunca voy a dejarte, y camina como si estuviera borracho, unos pasos para acá se quita la camisa, otros pasos para allá se deshace del pantalón, hace tambalear la charola donde dejamos nuestros vasos de Coca-Cola, se deja ir en el vaivén de una música que no canto, porque soy de las que ríen y no mezclan, para Sole tengo canciones, para Fernando tengo poemas y le ofrezco mis piernas abiertas como carnada, para hacerlo avanzar rápido, para empujarlo a la cama sin tocarlo y decirle cierra los ojos, en cuanto cae, Sole y yo lo sitiamos, le hacemos cosquillas en las axilas, en las palmas de las manos, en el estómago, en las plantas de los pies, él intenta devolvernos las cosquillas a manotazos y a gruñidos limpios, y si no fuera por el deseo en sus ojos pensaría que está enojado, pero da igual porque Sole y yo reímos, le seguimos haciendo cosquillas otro rato hasta acomodarlo bocarriba y detenerle las manos por detrás de la cabeza para que Sole pueda montarlo, y yo los observo con el corazón arrobado, dos ángeles de luz, de sudor, acaricio el cabello de Fernando, adoro su frente, lo aliento a continuar, lo asisto en la creación de algo nuestro, le regalo besos, una metralla de besos y Sole y yo escuchamos que de la boca de Fernando brota un balbuceo, seguido de otro, no es una risa natural porque tiene la respiración hecha bolas, lo sé,

190

puedo oírlo, puedo verlo, Sole lo desmonta y me abre las piernas y, uno a uno, saca los tres cascabeles que guardo dentro, tira del brazo de Fernando, lo lleva a contemplar mi cueva dilatada mientras me quedo en semáforo rojo, *off*, Fernando entra y yo lo rodeo con las piernas, él dice tonta, no quiero escaparme, *off*, Sole se acomoda atrás de Fernando y puedo ver su doble rostro que parece uno, hermanos siameses, el rostro de Sole nace del cuello de él, *off*, los amo, soy dichosa, *off*, quiero gritar, bailar, besar a las niñas, quiero hornear pasteles, aguanto una eternidad recibiéndolos y adivino cuando Sole traza con sus dedos un camino de hormigas a lo largo de la espalda de él, *off*, cuando las hormigas se deslizan más abajo, *off*, pobre, *off*, Fernando contrae con dolor los músculos del rostro, levanta la comisura de los labios, hunde el mentón en el pecho, *off*, abre los ojos mientras la risa le nace ahora sí de la garganta y los tres nos contagiamos, reímos a la vez, pero él nos gana y puedo ver cómo los ojos se le enturbian, *off*, lago negro, *off*, noche opaca, *off*, cobija de sombra, *off*, ruega por nosotros, *off*, y tengo miedo de que se vaya a morir,

La palabra inmóvil se queda prendida en la habitación.

Cuando Gloria suelta a Soledad y abraza a Fernando.

Cuando Fernando abraza a Gloria hasta quedarse dormida.

Cuando Soledad se levanta y se recuesta en el sillón.

Cuando Fernando sirve un tercer vaso de Coca-Cola.

Si el silencio fuera materia, piensa Mar tirada en la cama, sería una goma gigante que borra lento cada una de las cosas: esfumaría los techos y las paredes de las casas para desvanecer la frente, la nariz, la boca de cada uno de sus habitantes. ¿Esa goma podría borrar a Alejo?

Imposible.

Es un día sin comenzar. No ha escuchado el camión repartidor de gas ni la campanilla del camión de la basura, no hay niños jugando en la calle. El silencio la inquieta. Estira la mano hacia el buró y alcanza el celular. Sin meditarlo, envía un hola al chat de Alejo. Quiere decirle lo siento tanto.

Sigue en la cama por más de media hora. Espera. Se distrae mirando el techo de su habitación, no había advertido las manchas de humedad en las esquinas. Si pudiera, las eliminaría con su goma gigante. De cuando en cuando revisa el celular. Batería bien. Internet bien. Nada falla. Alejo no responde.

Se levanta. Si no fuera por su absurdo nombre de villana, nada la hubiera separado de él. Tal vez en estos momentos estarían planeando ir al billar u organizando un próximo viaje.

Abre el clóset, siente un rechazo profundo ante su ropa alineada, tan bien distribuida en cada uno de los ganchos. Esa ropa representa lo que ella ha sido, lo que ella es, lo que no se ha atrevido a vivir. Los blazers y los pantalones de mezclilla son el disfraz para convertirse en maestra. Los vestidos, por el contrario, le ayudan a recuperar la niña que fue, la que podía ver el mundo desde una cortina de asombro, la que tenía un ciento de ilusiones para regalar o desechar. Hubo un tiempo, incluso, en que creyó que podía contar su vida a partir de vestidos: verde militar para el entierro de la abuela, verde de flores cuando fue al mar; ahora, puede agregar el verde olivo como el día en que conoció a Alejo.

Se mide un pantalón. Nada le gusta, nada le sienta bien. Lanza una blusa a la cama, se calza unos botines que enseguida se quita. No quiere cambiarse, se resiste a despertar, desea extender la calidez del sueño, el abrazo de las cobijas y las sábanas. De ser posible, colocaría cuatro neumáticos a la cama para convertirla en auto y saldría a la calle con piyama a buscar a Alejo.

Elige una playera blanca, un pantalón de mezclilla y unos tenis. Se dirige a la sala y habla directo al oráculo retrato:

—Lo siento, abuela, ya no quiero ni debo escucharte.

Lo descuelga y lo acomoda en el librero. En medio de *El Bosco* y *Grandes misterios de la pintura*, parece un libro que no será consultado en mucho tiempo. Camina hacia la cocina peinándose el cabello con las manos. Cuando está a punto de vaciar una cucharada de café en la cafetera, oye el timbre del celular que olvidó en la habitación. Corre hacia allá sobresaltada, deja un reguero de café molido a su paso. Aunque ve en la pantalla un número desconocido, de cualquier manera contesta. Quizá es él desde un teléfono público, se le acabó el crédito o usa el celular de un amigo. Segundos después cuelga ante la cantaleta de la mujer que le ofrece una tarjeta de crédito.

No se demora más, sale del departamento sin haber tomado la taza de café. Arranca el Pointer decidida a encontrarlo. Los transgénicos y Adrien Brody le importan un carajo. Al lado de Alejo no anheló ningún otro camino por más que su cerebro trató de convencerla de lo contrario. Su cuerpo, pleno, se abandonó y todo el tiempo su mirada de beagle —tan llena de historias nuevas, tan empujándola a la vida y al presente— le restituía su propia imagen, obligándola a mirarse hacia adentro.

Se truena los dedos en el semáforo en rojo. Sintoniza la radio para oír las noticias, la estática la hace vagar de una estación a otra. Está sola, con su rostro mudo ante el espejo retrovisor y la mirada en ninguna parte. Hace los cambios de velocidad por instinto, no le dice nada el ruido de la gente en la calle. Las ventanillas cerradas incrementan lo ilógico del silencio. Hace falta empezar de nuevo, piensa, Alejo debe responder. Un hola, un emoji, cualquier símbolo, cualquier señal.

Por el día y la hora, calcula que está en la universidad. Fuera de ahí, no sabe dónde buscarlo; fuera de ahí se vuelve aire, se vuelve nada.

No.

Se aferra a ese no con contundencia, él pertenece al mundo de la escuela y del café expreso, debe estar tomando alguna clase.

Alejo también busca a Mar. Con el pretexto de entregarle un ensayo, pregunta por ella en la dirección, así se entera de que los viernes los tiene libres. La única alternativa es ir a su departamento. La canción de "Almost Blue" sigue con una palomita gris en el chat, no la ha escuchado o no la ha recibido. Si cambió de número no tiene manera de saberlo. Si lo bloqueó, ya no debe insistir.

Pero tarde o temprano verá mi trabajo final, piensa, el centro de Cielo Cruel es el paso obligado para llegar a su departamento.

Con los ojos irritados sale de la universidad, no se queda a la última clase. Atraviesa los puentes de dos avenidas y se aventura entre callejones. El cansancio le adormece las piernas. No regresó a casa, lleva horas sin dormir.

Con ayuda de tres compañeros cumplió su primer objetivo. Una noche antes se encerró en la habitación. Cuidadoso de no despertar a mamá Sofía, cortó varios metros de manta que luego extendió en el patio. Sin dejar de vigilar las ventanas de los vecinos, percibió el revirar de la sangre al agitar el aerosol.

Creyó que aquello sería complicado, que por su poca experiencia necesitaría horas de meticuloso trabajo —era una manta demasiado larga y debía mantener un buen pulso para que las letras fueran legibles—, pero la adrenalina coordinó con exactitud su deseo, su pensamiento y los movimientos de su cuerpo. En la parte superior de la mochila colocó la manta enrollada como si fuera un *sleeping bag*; dentro, introdujo las demás cosas: soga, arnés, lo que hiciera falta, y con un trote corto enfiló hacia Catedral.

Una vez ahí abrió el candado que protegía la puerta del campanario con varios golpes de martillo y subió por la escalinata. Haciéndose espacio entre el hueco que dejaba la campana, se deshizo de la mochila y tomó la manta con ambas manos. Pensó en pronunciar un discurso o una frase inteligente —la ocasión lo ameritaba, era el heraldo de un tiempo inédito—, pero sólo dejó caer la manta mucho más abajo del reloj. Como un pergamino liviano anunciando las buenas nuevas a la noche, la manta se desenrolló, cubriendo una parte de la pared.

Hizo solo la mayor parte del trabajo, los amigos estuvieron ahí para vigilar, para sobornar a los policías de una patrulla con dos mil pesos y un six de cerveza, para pasarle herramienta o ayudarle a tirar de la soga que sostenía el otro extremo de la manta.

Al bajar del campanario se preparó para la parte difícil: la pared del Mercado González Ortega. Un compañero le prestó un casco, otro le ayudó a colocarse el arnés y a enredar en su cintura la soga con la manta, otro se inclinó para hacerle un escalón con su espalda.

Alejo dio varios pasos hacia atrás y se acercó corriendo hacia el muro. Saltó hacia la espalda del compañero, empujó la punta del pie hacia abajo y extendió la cadera para impulsarse. Con las manos llenas de polvo de magnesio y un par de tenis de caucho que le ayudaron a afianzarse a la pared, fue trepando entre los salientes de la cantera, elevando la manta a lo ancho de la calle como quien despliega en la madrugada un fantasma rectangular y blanco.

Trazos claros, tres palabras mayúsculas: ABRE LOS OJOS.

Al llegar al techo sintió vértigo. Desde abajo, los amigos lo apuraban. Hizo su mejor esfuerzo por acallar cualquier sensación que quisiera traicionarlo. Se concentró en clavar una estaca, en enredar en ella la soga, y tal y como lo había visto en algunos videos de YouTube, pasó la soga restante por el arnés y fue bajando. Al tocar tierra firme se sintió festivo, las piernas le temblaban de la emoción. Chocó las manos con los compañeros y prometió un par de caguamas para el fin de semana.

Eran alrededor de las cinco de la mañana cuando se sentó en la banqueta a contemplar el resultado final de su obra. Satisfecho, dio un trago largo a una botella de agua, se secó el sudor con la manga de la chamarra y sacó su libreta para comenzar a planear la siguiente manta. Dudaba entre el Teatro Calderón y el cerro de la Bufa. Quería, ahora sí, unos versos de José Carlos Becerra o unos de Homero Aridjis: *tu paso, como una sombra, era difícil de seguir*. No se movió de la banqueta hasta que los faroles se apagaron y la luz del día empujó el amanecer. Con una escoba de palma, el sacristán salió a barrer la rinconada de Catedral. Asombrado ante el hallazgo de la manta, tiró la escoba al piso y comenzó a hacer varias llamadas desde su celular.

Alejo camina entre callejones e intenta escribir otra vez en el chat de Mar. Los dedos se le han vuelto torpes, borregos temerosos que no quieren salir de la granja aunque tengan la puerta abierta. Pulsa letras de más o de menos. Escribe hola sin hache, rectifica, se cuelan varias erres, no logra una palabra limpia. Después de suprimir un par de signos de interrogación, completa un ¿dónde estás? Cuando el mensaje surge sin errores en la pantalla en blanco, lo borra. ¿Por qué no ha respondido a la canción que le envió anoche?

Sigue caminando, desea aturdirse en su fatiga. Sin temor a tropezarse, lleva la vista en el celular. Quiere reclamarle algo a la pantalla, al fondo de los íconos debe existir una mínima señal, un guiño que lo convenza de que hace lo correcto. De nuevo escribe hola, envía el mensaje y se arrepiente. Está a punto de eliminarlo, está a punto.

Dentro del salón, parece que la vida se detuvo tiempo atrás. El calendario con ilustraciones de Dalí que cuelga cerca de la entrada marca el día y la hora de la última clase. Mar entra al salón vacío con la sensación de que ingresa en una película de suspenso; no por la intriga, sino por la parálisis: por las sillas que nadie ocupa, por el pizarrón donde nadie escribe, por el proyector que nadie enciende, por la falta de Alejo.

Sonido de mensaje.

La entraña le gruñe, reclama un apúrate. Busca al interior de la bolsa. Remueve un libro, un estuche de cosméticos, un fólder, una cartera. No encuentra el celular. ¿Y si lo olvidó en el Pointer y sólo imagino que sonaba? De un tirón vacía el contenido de la bolsa en el escritorio. Libro, cosméticos, fólder, cartera, dos broches para el cabello y una envoltura de chicle caen con un ruido tosco. El celular aparece, resbala de sus manos hacia el piso. Lo único que faltaba, se reprocha. Lo levanta con rapidez, la pantalla está estrellada.

¡Funciona!

El repentino consuelo se vuelve congoja cuando lee "mensaje eliminado" en el chat de Alejo. No entiende por qué el hola que ella envió no lo ha recibido, parece trabado en la pantalla. Está segura de que pagó el último recibo de teléfono.

¿Dónde estás?, escribe y envía, pero el mensaje vuelve a trabarse. Marca. La llamada la manda a buzón. ¿Dónde estás? Enfila hacia el estacionamiento, maneja al centro de Cielo Cruel.

Con insistencia, Alejo timbra en el departamento de Mar. Un vecino le dice que la maestra salió desde temprano. Le recomienda volver por la noche, es más seguro localizarla a esa hora.

Una nube negra y gorda le avisa que está a punto de llover. Se coloca la gorra de la sudadera, pero sólo le caen unas cuantas gotas en la cabeza y en los hombros. Camina otra vez entre callejones, sube y baja por sus losetas resbaladizas hasta que un vestido verde, en el escaparate de una tienda, llama su atención. Montado en el maniquí, parece aguardar unas manos que le darán sentido, nueva vida. Qué fácil le resulta imaginar a Mar con ese vestido, la ve avanzando entre los pasillos de la universidad, moviéndose de un lado a otro frente al salón mientras habla sobre alguna pintura de Botticelli.

Enseguida nota la tensión que le rodea el cuello y los hombros, las piernas le pesan, no recuerda cuánto lleva sin dormir. Faltan horas para que llegue la noche y Mar regrese a su departamento. Decide aprovechar el tiempo y se dirige a la farmacia de similares. Unos días antes había reiniciado la entrega de solicitudes para encontrar empleo. Un subgerente de apellido López —o Martínez— le informó por correo electrónico que las pruebas de botarga se realizaban de diez a once de la mañana.

ABRE LOS OJOS, Mar lee despacio. ABRE LOS OJOS, repite en voz alta, como cuando de niña memorizaba poemas antes de declamar en los honores a la bandera y todo salía bien, porque aunque la escuela entera la mirara, ella podía recitar los versos a Benito Juárez o a la Revolución.

Ahora no alcanza a escucharse, el entusiasmo la ofusca, tartamudea, olvida cómo hablar. Tal vez la goma gigante le borró la garganta y es como si *pum*, una noche de plomo le cayera en pleno día; *pum*, el tiempo se le acabara y lo que avizoró de niña se cumpliera al fin: las estrellas —con su fuerza maligna, con su esencia perversa— se alían a la goma gigante y lo que una no alcanza a borrar, la otra lo devora. Y una estrella —dos, tres, un montón—, aspiradoras monstruosas, cientos de bocas de Caribdis, la desvanecen a ella y Alejo.

ABRE LOS OJOS.

Es obra de él, está segura. Libertad creativa, dijo ella en la última sesión. Haciéndose espacio entre el avanzar de los autos y la gente, observa el trazo de las letras, el ancho de la manta, lo insensato de que aparezca colgada a mitad de calle sin que nadie pueda explicar su procedencia.

Algunos turistas le toman fotos con el celular. Un camarógrafo filma a una reportera, micrófono en mano, para dar la noticia. Mar pronuncia despacio cada letra, asimila la belleza del mensaje que sólo ella es capaz de comprender, piensa en lo efímero de esa obra. ¿Cuántos días pasarán para que se suelten las esquinas de la manta? ¿Cuántas horas la dejarán en paz los policías antes de hablar de vandalismo o de una afrenta a la seguridad pública? ¿Cuánto para que un aguacero —muchos aguaceros—, una polvareda —muchas polvaredas— terminen por estropearla? ¿Cuánto para que las palomas vengan a cagar encima?

Saca el celular de la bolsa y envía un girasol al chat de Alejo, vuelve a guardarlo. Si suena, alcanzará a oírlo, no es necesario llevarlo en la mano y revisarlo a cada momento. Sin saber qué hacer ni a dónde ir, se aleja de la manta y de la gente. Pasa frente a varios negocios que venden plata, charamuscas en forma de esqueletos, mazapanes, ates de membrillo, llega al escaparate de una tienda que exhibe un vestido verde.

A través del reflejo del vidrio ve su cuerpo llenando ese vestido de falda amplia y escote en v. Le agrada su imagen detenida. Ondea los brazos, crea la ilusión de que salen de las mangas. Mueve las piernas como si caminara con el vestido puesto.

Demasiado color, diría Belén.

Muy largo, diría Gloria.

Sabe que es una prenda que no usarían ni la abuela ni su madre y eso le gusta todavía más.

Alejo observa la botarga. El bigote y la calva están sucios, distingue varias manchas de sudor. Evoca la escena de una película. En medio de un gélido invierno, un hombre saca las entrañas de un caballo muerto y entra en él para guarecerse durante la noche. Con el alba, el hombre renace, desnudo y sangrante.

Es ridículo y justo por eso lo hace, porque a estas alturas su miedo a las botargas resulta estrafalario, quiere arrancarlo de un tirón, ser otro para Mar. Se deshace de la chamarra deportiva, de la playera negra, del pantalón. Guarda su mochila y su ropa dentro de un locker. Calza sus piernas en esas otras piernas de hule espuma, gordas y huecas. Se inclina y se introduce en el torso para ajustar sus brazos en esos brazos igual de gordos y huecos que las piernas hasta asomar los ojos a través de la boca entreabierta. Con esfuerzo se empuja hacia la pared, casi rueda. El doctor Simi tiene dos pequeños ventiladores: uno en la cabeza, otro en el pecho.

Un paso, dos.

Sale del vestidor hacia la calle. Intenta bailar, quebrar la cadera, mover la barriga y *jálale pa' allá, pa' acá, con la burbuja vamos a bailar*, reproduce los vaivenes de la cumbia que escucha en la bocina.

Brazos en medio círculo. Un paso, dos.

Nota el peso de los más de diez kilos de la botarga. La asfixia le trepa por el torso, el sudor le escurre por la espalda como si estuviera bajo el chorro de una regadera, el corazón se acelera. El hule espuma que lo reviste parece un muro que lo amenaza y comprime. Revive la angustia que sentía de niño y las preguntas aparecen en tropel: quién, además de él, está dentro de la botarga; qué mecanismo la despierta y le da vida.

Jala aire, debe dar paso a la razón, detenerse en lo evidente. Sólo él llena la botarga, su cuerpo se ha transformado en sus entrañas. Él es la sangre, el hueso y el músculo que la reanima. Más allá de eso, no hay nada. Se convence de ello y, poco a poco, domina la angustia. No hay secretos por develar, no hay misterios ni dudas. Igual que el actor de la película que se resguarda dentro de un caballo, él renacerá en cuanto decida salir del doctor Simi.

Uno tras otro caen varios mensajes en su celular, no los oye. Piensa en mamá Sofía, ¿dónde está?; recuerda a Paty, ¿dónde está? Creyó que ellas serían las únicas mujeres de su vida hasta que la vida misma lo sorprendió con Mar.

—Puta madre, abre los ojos, Mar —dice en voz alta.

201

Y en medio de una risa que le provoca una serie de espasmos, el doctor Simi baila en la banqueta, vende el remedio eficaz, la medicina que curará desde una gripa, un empacho, un dolor de muelas, hasta una fractura del alma. Y aquel baile, poco a poco, abre la escena como el foco de una cámara que se expande para dar entrada al sonido: a las campanadas de Catedral, a los negocios abiertos, al motor de los camiones, al claxon de los autos, al cuchicheo de la gente que dice buenos días, cómo estás, cómo amaneció hoy; también, sí, al ladrido de los perros y, más allá, a la chicharra de una escuela, a la maquinaria de una fábrica, al silbato del tren.

Los niños saludan al doctor Simi, le piden dulces. Como no entrega nada, se burlan de él, lo señalan con un dedo, corren a su alrededor, mientras los padres y las madres —o las tías o los abuelos o las niñeras— aplauden, festejan y ríen con la boca abierta.

Y todo sigue así por largo rato, cada vez más ruido, cada vez más alto, hasta que Alejo cae al suelo y la cabeza de fibra de vidrio se desprende, rueda metros allá. Un par de niños aparece otra vez. Entre risas y gritos patean la cabeza que suena a caja hueca. Ejecutan un par de pases largos, unos cuantos pases cortos, avanzan hacia el final de la calle.

Al doblar la esquina, ven a una mujer de vestido verde que parece caminar hacia ellos. Por instinto, abandonan la cabeza-pelota en la banqueta y, cuando alcanzan una distancia considerable, giran hacia atrás. Con jadeos y mocos en la cara dicen adiós a la mujer.

Pero ella no responde, concentrada como está en levantar la cabeza del doctor Simi.

Crítica a *Jugaré contigo:*

«En la escritura de Buendía los sentidos suman, pero no para coincidir en un solo sentido (*sens*), sino en la difracción sensorial que muestra una cara distinta en cada historia.»

BERENICE ROMANO, *Romance Notes*

«El lenguaje, otra característica de la narrativa de Buendía, es pausado, meticuloso, examina cada detalle y se convierte en cómplice de quien sigue la trama, es una escritura que se saborea, se observa, se palpa, se huele y se escucha.»

JESÚS GIBRÁN ALVARADO, *Tierra Adentro*

«Es esta una novela fragmentaria. Susana, tras perder a sus padres en México, emprende un viaje a Europa en compañía que unas muñecas heredadas de su madre, con las que regresa a momentos representativos en su infancia que parecen justificar sus experiencias sexuales: un tránsito que resignifica la conciencia del placer como parte fundamental de la formación de una identidad femenina.»

El Universal

«*Jugaré contigo* nos muestra cómo a través del lenguaje de los cuerpos: sus roces, ruidos, movimientos, olores, del cumplimiento de los deseos y la carga del pasado, hacen que sus personajes logren encontrarse a sí mismos y hallen en el juego del placer la forma más importante de vivir.»

EZEQUIEL CARLOS CAMPOS, *Revista Liberoamérica*